RECREATION

R 09

阿米3：愛的文明

Ami, Civilizaciones Internas

作者： 安立奎・巴里奧斯（Enrique Barrios）

譯者：趙德明

責任編輯：楊郁慧　　美術編輯：何萍萍

法律顧問：董安丹律師、顧慕堯律師

出版者：大塊文化出版股份有限公司

台北市105022南京東路四段25號11樓

www.locuspublishing.com

讀者服務專線：**0800-006689**

TEL：(02) 87123898　FAX：(02) 87123897

郵撥帳號：18955675　戶名：大塊文化出版股份有限公司

總經銷：大和書報圖書股份有限公司

地址：新北市新莊區五工五路2號

TEL：(02) 89902588　FAX：(02) 22901658

排版：帛格電腦排版印刷股份有限公司

製版：瑞豐實業股份有限公司

初版一刷：2005年6月

二版六刷：2022年12月

定價：新台幣 300元

Printed in Taiwan

阿米 3 愛的文明

Ami, Civilizaciones Internas

安立奎・巴里奧斯（Enrique Barrios）著
趙德明 譯

謹將這些星星們的絮語送給我在紐約的姪兒尼洛（Nelo）：希望曼哈頓堅硬的水泥不要讓你的心也變得剛硬起來。

CONTENTS

目錄

第二部》

§ 第一部 §

1 頭號大傻瓜

我簡直不敢相信：阿米的飛船終於出現了！就在海灘的岩石上方、滿天星斗的夜空中。我的心重新振奮起來。在此之前，漫長的等待令人痛苦不堪；此時此刻，宇宙中的一切又變得無限美好。

一束黃色的光柱亮起，把我的身體托了起來送進飛船內部。我熟門熟路地邁進船艙中小小的客廳，迫不及待地想見到文卡──我深愛的外星女孩，也是我終身的知己。經過了漫長難耐的分離之後，我們終於再次相聚。我的心因為快樂而劇烈跳動著。

「歡迎登機！」一個陌生的年輕人微笑著招呼我。我感到詫異，因為我期待看到的是阿米和文卡。

「這一次阿米不能來。彼德羅，請進！來，咱們聊聊。」

這個瘦削的男子個子比我高。他和文卡一樣，有玫瑰色的頭髮、深紫色的眼睛，和一對尖形的耳朵。顯然他們都是斯瓦瑪人。

進入指揮艙前，我問他：「文卡在船上嗎？」

「一進去，你就可以看到她了。」

我鬆了一口氣，連忙走進艙裏。一道充滿魔力的目光從船艙盡頭向我投射過來——文卡顯得容光煥發。我胸中燃起一股愛意，幾乎使我的笑容迸出火花。可是……她的神情十分冷淡，絲毫沒有快樂的樣子。只見她遠遠地望著我，表情嚴肅。

她居然不理睬我！我有某種不安的感覺。這時，那年輕男子向文卡走去。文卡立刻對他投以甜蜜的微笑。接著，年輕男子靠近文卡身邊，轉過身來望著我，隨即把文卡摟進懷中，目光兇狠而狂妄地說：「過去是一場誤會，根本沒有什麼不同星球之間的知音。我們來自契阿，你是地球人。因此，文卡不是你的知音，而是我的。」說罷，他和文卡緊緊相擁……

我感到撕扯心肺般地痛苦。我想哭，可是哭不出來，渾身癱軟無力——文卡竟然把我甩了，投向別人的懷抱！

這時，我聽到一陣敲門聲。

「彼德羅！」

我強忍著心頭的劇痛，睜開了眼睛——這是海邊小木屋的臥房呢！

「哎呀，又是一場惡夢……」我鬆了一口氣，慶幸奶奶及時叫醒了我。

「該起床了。我該去上瑜珈課了，得有人看家啊。」

「好吧，奶奶，我起來了。」

「中午我有個客人要接待，回來做午飯的時間會晚一些。你可以在十二點鐘時啟動烤箱嗎？那裡面放著馬鈴薯餅。其他事情等我回家以後來處理。」

「好的，奶奶，沒有問題。」

「彼德羅，好好看家！再見。」

時間就像這樣一天天地過去，我悲觀而焦躁地等待著。無論阿米還是文卡都沒有消息，剛才那樣的惡夢卻不時騷擾著我。不過，幸虧只是夢……

這段時間，奶奶突然「返老回春」起來。她練瑜珈，吃保健食品，打扮入時，而且又開始她年輕時的美容師工作。如今她在家中的時間大為減少，有時還受理客人的到府服務。家裡的收入增加許多，因此整個夏天我們都在海邊度假。

假期剛開始時，我以為阿米和他的飛船夏天一到就會回來，可是我在從前兩次會面的海灘岩石上苦苦等候了他將近兩個月。暑假眼看就要結束，我們很快就要回城裡去了，可是阿米仍然毫無音訊。如此漫長的等待使這個暑假變得十分難熬。

我每天都去海灘的岩石上，久久地望著天空，直到夜深了才回家。空中每個偶然閃現的光點都讓我滿懷希望，情緒激動。但結果總是令人失望：不是衛星，就是飛機；偏偏沒有阿米的飛船——那可是我見到文卡的唯一希望啊！

文卡，我多麼想再見到妳！

她已經牢牢地占據了我的心房，我覺得我和她一生一世都是結合在一起的。雖然我和她認識只有幾個月，相處的時間不到一天，可是這就足夠了，足夠我們深深相愛了。我們對彼此有著強烈的吸引力。不過短短幾個小時，我們便明白彼此的心是一個整體的兩半；是孿生兄妹，是知己。

分離令我痛苦難當，我想她一定也飽受煎熬。自從第一次見到她以後，我就時時刻刻想著她。她讓我感到更有活力，更完美，更幸福；儘管她現在不在我身邊，我還是感到幸福；因為她總是以各種方式出現在我心頭。

當然，最主要的原因是愛心把我們倆結合在一起。阿米讓我明白了，愛心是宇宙中最偉大的力量；於是，我了解愛情不僅是一種美好的感情，它還有豐富的內涵。

阿米來訪之後，我的心中有了全新的神。這個對宇宙創造者的新看法是從最發達的星球上得來的，我想甚至連許多不太相信神的人應該都能認同。

我知道神永遠不變，可是我們看待祂的方式卻會隨著時間的步伐和我們的進化過程而不同。起初，人們以為造物主就是一塊石頭，或是閃電、太陽；到後來我們知道這是不對的。每當我們能夠以用更高層次的方式思考祂時，祂對我們來說就好像變成了另一個全新的神。這恰恰就是我的體驗。

在認識阿米之前，我腦海裡的神是一位隨時監視人間、充滿復仇心理、古板、嚴厲、喜歡懲罰人類、而且易怒的老先生。是啊，這就是有人為了嚇唬我而灌輸給我的印象；另外，《聖經》上有些章節差不多也是這樣描寫的。由於上述原因，我小的時候非常害怕神。但是後來我發現：如果我不想祂，就不會怕，這樣當我懷疑祂的存在的時候，也比較不會感到不安……然而現在我卻覺得這個引領宇宙運行的「超級智慧王」，充滿了無比仁慈善良的光輝。

如今我非常注意傾聽神的聲音，因為神不是一個想像中的概念，神化做了我可以感受、體驗和經歷的存在。當然，由於愛心就是神，每當我感受到愛心時就體驗到了神的存在。真理就是這麼簡單樸實。

樸實的真理是為單純的心靈準備的，我之所以這樣說，是因為如果我們跟一個老人講到這個話題，他往往會用滿腦子複雜的知識和道理，把所有事情攪得一團亂，最後我們反倒遠離了神。其實癥結就在於，我們這些地球人心裡過於扭曲複雜，因此很不容易理解單純的事；而地球上的國家會發生治理上的問題，原因說穿了也就是如此。

我漫遊過奧菲爾星球，那是個文明進化的世界。我還去過一些其他的星球。因此，我知道宇宙中的文明世界用愛心分享一切，整座星球就是一個大家庭，人人歡喜快樂。可是，在地球上，你常常會在街上看見一張笑臉和一百張愁眉苦臉，而且大多數人都認為自己的問題只有用金錢才能解決。偏偏越是有錢的地方，愁眉苦臉的人越多，冷若冰霜的人也越多……

問題出在：物質是「身外之物」；而幸福則與「心靈」，與愛心有密切關係。愛心正是比我們先進發達的星球上的指導原則；因為有了愛心，先進星球的人們看待生活是從「我們」出發的，而地球上則把「我」放在最重要的位置。自私是我們的天性，導引著我們的生活方式，是由一個古老而殘酷的「文明馬達」所推動。這馬達就是史前時代的「弱肉強食」；但它現在有個好聽的名字，叫做「競爭力」。

鑒於上述各項原因，宇宙文明世界認為：我們地球人屬於不文明、不發達、不進化的星球。在整個宇宙之中，地球人算是比較原始的人類，雖然從古到今的人們都自認為已經「現代化」了。我們無法理解的是，為什麼日益頻繁出現、靜悄悄來去的飛船駕駛員們——他們的高科技發展程度是地球人難以想像的——不認為我們地球人有資格與他們建立正式公開的聯繫呢？

即使是大學教授也沒有與叢林野人建立關係啊！是啊，為什麼要自找麻煩呢？就算派遣老師過去，這些老師最後也會被毒箭射成蜂窩吧……倒不如送那些野人幾本簡單易懂的畫冊，上面有幾個字就足夠了。

再舉個例子：如果你去探視一個罪犯，他會以為你支持他。可是如果你要指責他行為失當，最好穿上防彈背心比較保險。而且，說了也是白說，因為他很清楚自己的所作所為。在這種情況下，最好的辦法也是送他一些書（別忘了這些書一定要有仇恨暴力的情節，否則他會感到厭煩而讀不下去呢！）

儘管在地球這個不文明的世界，仍然遺留許多古時候黑暗殘酷的生存手段，也還不太能領會與崇尚愛的真諦，但阿米說我仍應該歡喜快樂地生活，並對所有的人懷抱善意；包括那些發明新式武器來賺取利潤的科學家，以及那些破壞自然環境來發財的商人（愛這些個地球上的生物對阿米來說是非常容易的事）。按照阿米的看法，做出這些「好事」的人並不壞，只是無知而已。

因此，解決的辦法不是爭吵攻擊，也不是嚴刑峻法，而是教育；至少讓年輕人的思想和心態潛移默化，這樣我們人類或許有天還能有所不同。之所以說「或許」，是因為我不能保證；畢竟學校並沒有教我們如何做個更好的人。我們的教育不著重「內在」，而以追求「外在」為目的；因此，我們只記住了那些對改變「內在」毫無幫助的「外在」資訊——就是那些無法引導我們通往幸福、明白生命深刻意義的東西。

地球上的教育不是鼓勵我們團結友愛，而是刺激我們爭強好勝；在各方面壓倒別人，把別人踩在腳下，踩成爛泥，跨過別人的屍體前進。這就是我們地球上目前在哲學、倫理、道德方面的教育方針。以外在而言，我們的衣食住行條件比過去好多了；

以內在而言，從洞穴時期至今，情況並沒有多大變化。

面對此情此景，有時我覺得我們這一代也不會有什麼改善。那下一代呢？

我的思想發生了變化，我開始關心人類的命運。但是啟發我的不是學校，而是阿米；還有照亮我心田的一道光芒——當然也不是來自地球。可是，「太空中的朋友們」不可能一一喚醒每個人。由於地球上沒有太多人對改善內在感興趣，要改變這個世界，我看不容易，除非發生一場大災難，讓倖存者不得不建設一個與現狀不同的世界。可是阿米說，不需經過變故也能改變世界才是最好的方法；所以才讓我寫這三本書，記錄比我們地球文明發達的星球及人們生活方式的基礎和特徵。

我說過了：文明發達的星球是遵照「宇宙基本法則」行事的（這是我一生中又一道重要的啟蒙之光，當然也不是來自地球），換句話說，就是愛心；這是非常簡明的道理。愛心會給所有的人帶來最大的幸福，但是某些人卻誤以為這個道理過於浪漫或不切實際。在那些光明星球上的人經過精密的研究，領悟了許多引導心靈發展的作法。因為在那裡，心靈是很科學的，可以被驗證，而且他們明白愛決定一切。相反地，在地球上，卻是「證券交易所」和銀行決定一切……

有邏輯條理的事應該是精細複雜的，就像是一個由科學家或學者領導的世界；可是在地球上，我們不是遵照愛的原則行事，因此我們並不那麼合乎邏輯。聰敏的讀者可能會說：上面的話前後不通，因為愛與邏輯並不相關。但是阿米說過一句至理名言：「愛是最高的邏輯。」只有智慧的心才能理解這句話。由於我們的領導者不懂這個道理，更說不上付諸實行，所以這裡常發生一些亂七八糟、缺乏邏輯的事：人類的命運、我們的未來以及整個地球上的生活都屈服在市場法則之下……

於是，我們乘坐在這艘華美而商業導向的地球飛船上，沿著銀河系的圓周軌道繞行。殘酷的競爭法則刺激著我們盲目追逐著唯一的目標：金錢，全然不在乎過程與手段。如果有利可圖，沒有人在乎他人的生命和幸福；沒有人保護大自然；沒有人關注地球的未來。

統治我們的「金錢第一」思想產生了這樣的結果：大多數的人並不快樂。有些人挨餓受凍，有些人賺了錢卻沒有時間享受生活；連最莊嚴神聖的宗教界也免不了腐化。暴力犯罪日益增加，人人自危。在貧富差距越來越大的時候，醜惡的「利益交換」還在繼續破壞污染我們的地球家園。到底人的需要和深刻的價值是什麼？真正的友誼、溫情、善良和愛在哪裡？如果我們繼續這樣下去，將來又會怎麼樣呢？

思考這些問題不會帶來豐厚的利潤；換句話說，不切實際。在這裡，人不過是「生產和消費的機器」，大自然也只是一種「商品」而已。

「阿米，無論你在哪裡，請聆聽我的心聲！希望你來看我，我想見文卡！請你快快來吧。」每個夜晚我坐在海灘岩石上，聚精會神地在心裡對阿米呼喊。我知道阿米無論在多麼遙遠的地方都能接收到我的心靈訊息，可是沒有任何回音。我仰望星空直到夜深。我感到疑惑而難過，十分沮喪地回到家中，心想，這個夏天阿米不會來了。阿米說過，如果希望他第三次造訪地球並且帶著文卡與我相會，我就得完成我的第二本書《宇宙之心》。雖然我早已達成這個任務，阿米仍然沒有現身。

對了，實際上，《星星的小孩》和《宇宙之心》是我的表哥維克多根據我講述的故事寫下來的。他大約三十歲，愛好文學。不過，現在你所閱讀的這第三本書是我透過「神奇的幫助」自己完成的（後面我會講到這個「神奇的幫助」，別急）。

一天夜裡回到家中，奶奶問我：「孩子，你上哪裡去了？」

「去海水浴場上的遊戲機房。」我回答。每天晚上在岩石上苦苦等候一陣以後，我就去遊戲機房紓解情緒。

「家裡有電腦也能玩遊戲機，為什麼要去那裡亂花錢？」

「這不一樣。就像一個人在家裡吃飯跟大夥兒一起上館子吃飯的不同。」（比喻得很好，對吧？這是突發靈感的結果。）

「唔，你看起來不太對勁。我發現每天晚上你一回來臉色就很難看。孩子，發生什麼事情了？是不是跟哪個小姑娘之間有了麻煩？」

是的，問題恰恰就在這裡，可是我不能跟奶奶說，我的未婚妻——什麼未婚妻啊，她還不到八歲呢——我的愛人，一生的至愛，是個外星女孩；她生活在距離地球幾百萬公里的星球上，我和她的相會取決於另外一個名叫阿米的外星男孩和他的飛船。我怎麼能跟奶奶說這些事情呢？更何況表哥老是取笑我精神不正常。

「彼德羅，你很有想像力，能想出許多有趣的故事來，所以我才願意幫助你寫書發表。可是你千萬不能當真啊。『想像是一回事，現實是另外一回事。』」這句話他嘮叨了不下幾千遍。

「奶奶，我沒事。只是有一種遊戲，我總是無法打破紀錄拿第一。」我不得不撒謊：「我最好的成績也只能拿第二名，真討厭。」

我的姓名縮寫從來沒有出現在任何一台遊戲機的名人榜上。雖然我幾乎每天都去那裡，但是這個夏天因為練習得不夠，得分並不理想。大部分時間，我都是在岩石上度過，苦苦等待飛船的到來。

「機房的老闆一定會嘲笑拿第一的人。」

「為什麼，奶奶？」

「因為拿第一的是頭號傻瓜。」

「什麼?!」

「老闆會看著螢幕說：『這是頭號大傻瓜，這是二號傻瓜，這是三號傻瓜……』彼德羅，老闆就是這麼想的。」

「您不知道需要多麼純熟的技巧、累積多少分數才能得第一哪！這很值得驕傲。」

「當上頭號大傻瓜讓老闆嘲笑，值得驕傲嗎？」

「我覺得……」

「想拿第一必須花大把的金錢和時間在遊戲機上，這難道還不夠傻嗎？不把握時間做些有意義的事情，或是看書、禱告、跟朋友談心、幫助那些需要幫助的人，而是整天耗在遊戲機上想拿第一，難道還不夠傻嗎？」奶奶笑著說完這番話，睡覺去了。

我一方面覺得奶奶說得有些道理，但是另一方面……學習、讀書、禱告……還真是「有意思」！奶奶不知道遊戲機房裡的世界是多麼精采有趣。那裡有真正的大玩家，讓人們佩服又羨慕。我常去的那家遊戲機房裡，有個小夥子在三種不同的遊戲裡都是第一名！他名字的縮寫是EGY。我不知道他的真實姓名，因為他不跟別人說話，總是坐在遊戲機前全神貫注地盯著螢幕。他身後總是圍著一群男孩欣賞著他熟練操縱滑鼠和鍵盤的本領。

昨晚，我照例在岩石上等候了好一會兒，又一次期待落空之後，忍不住想著：會不會永遠也看不到阿米和文卡了呢？晚飯後，我去廣場上兜了一圈，聽到一個消息：遊戲機房裡有一場「大戰」：一個實力不錯的高手BUR，準備在〈恐怖的宇宙〉中超越EGY的紀錄。這個遊戲在那年夏天很流行，內容是摧毀Thor帝國所統治的星球。

BUR上場時，吸引眾人圍觀，連EGY也停下手中正在玩的〈恐龍大戰〉——他在裡面仍是打遍天下無敵手——他要看看BUR這個半路殺進來的小子有沒有能耐從他手中搶下第一。遊戲最後，BUR剛好摧毀了八十二座星球，比EGY高出激動人心的一分！周圍的人紛紛表示祝賀、欽佩和羨慕，有一個男孩甚至大聲喝采。然後，BUR得到了一個我從沒得過的殊榮：那個奇妙的視窗方塊跳出來，讓他登錄自己的名字，成為在那部機器得分最高的玩家。這就像是獲得獎盃一樣光榮。

EGY嚥不下這口氣，馬上在遊戲機前坐下來打算修理那個狂妄的小子。他玩了一個多小時，極力想壓倒BUR，花掉的錢多得驚人（有人告訴我，EGY的母親離了婚，她給兒子很多零用錢，免得兒子影響她尋歡作樂。許多小孩因此很羨慕EGY呢）。起初，EGY的得分並不理想，後來他急起直追，攻勢連連，果然是資深高手。最後成績揭曉：EGY摧毀了九十二座星球，奪回第一，遠遠勝過了BUR！

奶奶怎麼能理解遊戲機房裡有如此驚心動魄的場面呢！

準備離開遊戲機房的時候，我發現一個有趣的巧合：在排行榜最後幾個名字裡，有一個人名叫「阿米」。我好奇地猜想著：是誰用這個縮寫呢？這個問題讓我想得入迷，幾乎忘了該回家睡覺。第二天晚上，我又去遊戲機房，發現一件令人難以置信的事：在每一部遊戲機的名人榜上都有「阿米」字樣的縮寫！其得分之高無人能及。

據說，EGY一看到這個局勢，憤怒得滿臉通紅，二話不說，掉頭離去，再也沒有回來。看來有個實力超強的狠角色來踢館了。遊戲機房的老闆十分懊惱，因為大批玩家由於洩氣而退出戰局。什麼人能夠拿到那天文數字般的高分呢？如果差距不大，或許還有挑戰的機會；可是這一次所有的紀錄都被六到十倍的高水平打破了……

此外，大家都覺得這件事很神奇，因為沒有人看到什麼「阿米」來玩遊戲。只有我知道這不是什麼神奇的魔法，而是調皮的阿米回來了！他就在這附近晃蕩呢。他透過遊戲機的螢幕向我傳遞信號：他就在這裡！對他來說，在分數上動手腳易如反掌，就是遙控也能做到。他甚至可以從別的星球用他自己製作的高級電子儀器改變分數。

我像箭一樣朝岩石的方向飛奔，全然不顧周圍一片漆黑。我氣喘吁吁地來到海灘上；興奮和期待使我的心臟飛快地跳動著。我攀上岩石，四處張望，卻完全不見阿米和飛船的影子。

我想起上次他來訪時，遠遠地對我施加障眼法，不讓我看到他在岩石上刻下的那顆長了翅膀的心。難道這次他又有什麼新把戲？正在揣想時，那顆愛心的記號出現在眼前！愛心上放了一顆石頭，底下壓著一張紙條。

我高興地想著：「是阿米的信！」果然沒錯，連上面的錯字都是他特有的呢。

看了紙條，我高興極了。我又可以每天見到他們了。文卡……阿米……不過，紙條上「在樹林裡」這句話讓我很疑惑；因為我不習慣看到阿米在岩石以外的其他地方現身。但是隨後我明白了：樹林是個絕佳的會面地點，因為只有樹林便於飛船降落而不被發現。

我開心地回家睡覺去了。想到幾個小時之後就可以擁抱文卡，讓我費了好大力氣才入睡。這一晚不再出現這些日子常做的惡夢，取而代之的是與文卡有關的美夢……

醒來時，我本來打算省下吃早飯和洗澡

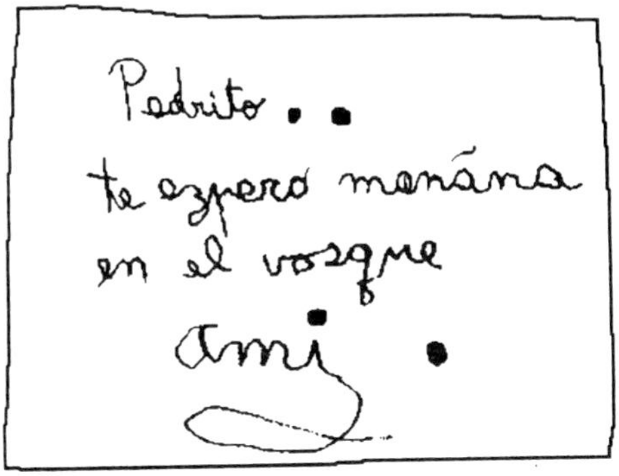

彼德羅：

明天，我等你，在樹林理。

阿米

的時間，直接到樹林赴約，可是一想到阿米可能帶文卡同來——因為他的飛船可以轉眼之間就「移位」到契阿再到地球——所以我特別洗了個澡，甚至生平第一次灑了香水——那是維克多來訪時留下的。

我換上最好看的衣服，準備拔腿衝出家門，可是奶奶在早餐桌前等著我呢。

「彼德羅，這麼高高興興趕著上哪裡去啊？」

「這個、這個……沒、沒什麼。因為天氣很好……」

「天色陰沉沉的，還有點冷呢。」

「喔……」

為了向奶奶交差，我一口氣喝完了咖啡，拿起一塊三明治就跑了出去。

「彼德羅有祕密哪！」奶奶笑著喊道。

從海灘到樹林有一段距離。我向村莊跑去，來到公路旁，然後穿越公路，快跑過一片草地，登上通往樹林的陡峭山坡。一路上，我忍不住猜想：文卡會不會在飛船上呢？然後我想起阿米上次漫遊時說的：先來地球接我，再一起去文卡的星球；我就這樣邊想邊期待著再來一次太空漫遊。

烏雲漸漸散去，大海從灰色轉成美麗的蔚藍色。

我滿心喜悅地踏進樹林，一心想著不久之後就會見到阿米——特別是文卡！

我進入樹林深處，四處張望，猜想著阿米肯定從飛船的螢幕上注視著我呢；可是我什麼也看不到、聽不見，便決定在一處林間空地等候他。我知道他找我比我找他容易多了。

我忐忑不安地坐在草地上，突然想到，阿米說不定會悄悄來到我身後，蒙住我的眼睛喊道：「猜猜我是誰？」哼，我才不會上當呢。過了一會兒，果然感覺到有人從背後走過來。我閉上眼睛，極力抑制著好奇和興奮的心情。不出我所料，一雙溫暖的手輕輕捂住了我的眼睛，卻一聲不吭。這時，我聞到了一陣清香，情不自禁渾身顫抖起來——那是文卡的香味！

我沒有睜開眼睛，輕輕撫摸著那雙思念已久的手、那細長的手指、那柔軟的頭髮和小巧的耳朵。我轉過身，文卡就在我眼前！我又看到了她眼中那快樂和充滿無限柔情的紫羅蘭色。我想不起阿米和其他的事。我覺得自己消失了，好像到了另一個星球或是另一個空間，那是只有最刻骨銘心的愛情才能帶我們進入的領域。這股無法言喻、迷醉人心的強大力量把我們倆緊緊聯結在一起，我只能乖乖俯首稱臣。

我們不會說對方的語言，但此時此刻不需要語言。我們躺臥在草地上，每當兩人的目光相遇，就忍不住快樂地笑起來。世界上沒有什麼別的東西能夠讓我們產生如此的幸福感。

過了一會兒，重逢的喜悅和激動逐漸平息，我才想起怎麼不見我們的朋友呢？

「阿米在什麼地方？」我脫口問道。

文卡吃驚地望著我，說了一句我聽不懂的話。這時，我才想起翻譯通那個玩意兒。於是，我們倆都笑了。

我第一次發現她的聲音很美，深深打動了我的心田。

「文卡，妳說的話我聽不懂，可是妳的聲音非常動聽。我想聽妳說話。」

她明白我的意思，因為她開始說起話來。我著迷地傾聽著，多想閉上眼睛，永遠地沉醉在發自她內心的美妙音樂中。

「夠了！夠了！別再搞浪漫了！」耳邊傳來阿米熟悉的笑聲，然後是他那白色的小小身影。他又用文卡的語言說了一遍差不多的話。看到發著光的阿米一如往常快活的走近我，我的心激動了起來。我起身迎接他，向他問好。這時，我發覺他比從前矮了一些，要嘛就是這幾個月我長高不少。我得稍微彎腰才能擁抱他。坐在草地上的文卡也很高興。這真是一次溫馨而愉快的重逢。

阿米遞給我們翻譯通耳機，一邊說道：「彼德羅，你發現自己長高了許多，心裡很高興，對不對？」

「沒有。不過，也沒什麼不愉快。可是，你……沒有不高興吧？」

「不會。不過你要是看到文卡的改變，肯定會不高興的。」

我不明白他是什麼意思。我看看我親愛的知音，沒有發現什麼異常的地方。

「她沒有不一樣啊。」

「文卡，妳站起來。」阿米說。

她一站起來，我就傻眼了。由於剛才我和文卡一直跪著或者躺在草地上，並沒有同時站起身來，所以我沒發現她長高了許多，而且比我高。我現在只到她的鼻樑。這完全出乎我的意料之外。

我的心情很複雜，擔心她也許會不高興、對我失望，也許不再愛我了……我低垂著頭，而她仍然溫柔地擁抱我，親吻我的面頰——當然，她不得不微微彎下身子。

「這些文明進化程度不高的人只看外表，他們得了『視覺上的種族偏見』。」阿米發出他特有的嬰兒一樣的笑聲。

文卡極力安慰我說：「彼德羅，別擔心！我仍然愛你。你知道我們的感情遠遠超越了外表。」

「唔……是的，我知道。可是對妳來說，一定很不好受。」

「不會的。」阿米插話道：「因為我們過來時，我提醒過她：你沒有她高。她說，沒有關係，就是把你裝在衣袋裡也成。哈哈哈。」

「沒錯，彼德羅，哪怕你只有我一根姆指那麼大，我也會全心全意地愛你的，所以你就別自尋煩惱了。更何況，阿米說你還會長高呢。」

「將來或許有可能，可是妳不能長得比我快才行。那現在怎麼辦？我的高度只到妳的鼻子，妳不覺得差距很大？」

阿米說：「準確地說，你的身高到她的前額，可是由於你自尋煩惱，站在她面前你就駝背，所以覺得自己更矮。如果你抬頭挺胸就會發現，實際情況並沒有那麼糟。」

他說得對，我是有些駝背。我挺起胸膛，發現兩人的差距並不那麼大。文卡開心地擁抱我。她那熱情的目光讓我感到沒有理由窮擔心。我恢復了自信，一把摟住文卡的腰，模仿老電影裡男主角的口吻說道：「女人，就算妳長得比我高，我仍然是妳頭上的天。記住我說的話。」

我和文卡都笑了。阿米也笑起來了，但是隨後他說：「但願你只是拿這種老掉牙的大男人主義說笑而已！」

「阿米，我只是開開玩笑。」

「我知道。但是別忘記，大男人主義只對洞穴時期的原始人有意義，因為身高體壯對於生存是很重要的。在那個世界裡，男人比女人高大強壯，因為女人需要保護。可是你們的星球早已經超越那個歷史時期了。」

我覺得阿米不十分了解地球人，因為對男性來說，高大的身材幾乎跟聰明才智或者金錢一樣重要。多數女性也贊成這個看法。

文卡似乎也有些疑惑，她打斷阿米的話說道：「契阿被特里人統治，他們憑藉著比我們斯瓦瑪人身強力壯而迫使我們屈服。可是你卻說我們的星球已經超越那個歷史時期。我不明白。」

「妳已經超越那個歷史時期了，不是嗎?妳不在乎彼德羅比妳矮。對不對?」

「對我而言是這樣。可是大多數人怎麼想呢?」

「文卡，妳應該憑著自己的心和聰明才智判斷行事，而不是盲目遵循大多數人的想法。人們經常由於害怕與眾不同而裝作和大家意見一樣，或是因為他們沒發現自己內心真實的感覺跟妳一樣;他們只是以不聽妳意見的方式來自我防衛，但不用太久就會了解妳所說有理，並轉而支持妳。」

我覺得阿米的話很有意思。他繼續向文卡解釋:「假如妳有個好想法，大家也需要它，可是妳沒有勇氣說出來，那麼這個好想法就永遠不會被傳播，也永遠不能實現。就由於妳的膽怯，一切都白費了。」阿米微笑著說:「而且妳並不知道，其實妳不是唯一有不同想法的人。」

「阿米，我認為你說得很好，但只有其中一部分有道理。因為自從我認識你以後，參觀了奧菲爾等文明發達的星球，我覺得地球上至今還有這麼多災難實在是太荒唐、太殘酷了;因為只要多一些好心，一切都很容易解決嘛。可是，我已經意識到這個簡單的想法把我變成了胡言亂語的瘋子。因此，我已經不跟任何人談這個話題了。我的許多想法都遇到類似的情況。最後，我乾脆閉上嘴巴，努力迎合大家，甚至說出昧著良心的話，儘管心中並不快樂。」

「彼德羅，我了解你的心情。因為大家都跟你一樣不說出真實感受，使你以為自己的思想與眾不同；擔心別人會笑話你，或者生你的氣。」

「正是這樣。我還擔心被痛扁一頓。」

阿米笑著說：「不論你的看法如何，我還是建議你儘量證明自己的觀點；以平和尊重而非防衛冒犯的語氣，努力表達自己真實的感受，特別是當你從愛的智慧獲得啟發時。你會驚訝地發現許多人贊成你的想法，這是因為你們的星球正在發生變化。」

我仍然覺得這種想法只是理論，實際上很難做到。

「如果我說出自己的真正想法……不，不，我可不想當烈士。」

「你並不知道，變化正在擴大，使得很多人現在寧可過真誠自然的生活。」

「阿米，我看不出人們有太大的不同……在我的星球上，無論男女老幼好像情況都差不多。雖然也有好人，但大致來說人們多少還是有些膚淺、自私和拜金……彼得羅，地球上的情況也是這樣嗎？」文卡還是滿腹疑團的樣子。

「也一樣。」

阿米深吸一口氣笑著說：「大家情形差不多的原因，是因為你們都不得不隨波逐流；被舊制度壓制的你們，只好跟著它走。那個制度通常不太尊重人，也不關心人的生活。它的基本原則不是愛，而是物質；由於基礎沒有建立在愛之上，就不可能為人們帶來幸福。大多數人並不快樂，但他們無可奈何，只好閉上嘴巴。雖然時間不斷過去，一切卻依然如此，沒有多少改變，更確切地說，事情只是一再反覆循環。但是現在很多人開始改變了，他們意識到問題的嚴重性。你們也應該跟上這股積極的風氣。別忘了：保護美好的事物與珍貴的生命就是保護自己。」

阿米這番話，我雖然沒有準確地全部記住，但是他說服了我們：從今以後，我們不需再隱藏自己的感覺和想法，要努力成為真誠的人，而不只是在我們寫的書上和嘴上說說而已。

「但是，孩子們，別對這世界感到憤怒。」阿米愉快地微笑著說：「不要只看黑暗面，因為黑暗無法掩蓋光明。」

我們看看四周，夏天早晨的樹林裡，天空萬里無雲，陽光燦爛，這讓我們明白了：的確，人不應該只看消極面，因為在此之外還有許多值得關注的事。

微風輕輕吹拂著我們的面頰，帶來了花香、松樹香和尤加利樹香。阿米在草地上交叉雙腿坐下來，我們也學他的樣子席地而坐。「孩子們，我看你們這麼高興，是因為重逢感到幸福，對吧？」阿米頑皮地問我們。

「是的！」我們異口同聲地說。

「所以上次分開時，你們不該上演那樣一齣生離死別的悲劇，對不對？」

我們不好意思地互相看看。阿米說得對。我們倆的確不該為了暫時地分開而演了一齣鬧劇。如今再次相聚，過去的事好像一場短暫的夢。

「沒錯，我們那時真傻。」

「太好了！你們明白這一點真讓我高興。那麼今天到了告別的時候，你們可就別再難分難捨了。」

「什麼?今天就要告別?!」我們大驚失色，緊緊擁抱在一起，不希望對方離開。

「又在做傻事了！」阿米哈哈大笑起來。

阿米的話無法讓我們心服，因為我們的感情不是什麼「傻事」，而是強烈的愛。我覺得一年裡只能跟她短短地相處幾個小時，實在太殘酷了。我剛要開口，文卡已經替我說出來了。

「阿米，愛情不是什麼『傻事』，何況我們還是心心相印的知己呢！所以一聽到我們倆得再次分開，當然會難過了。」

「孩子們，我了解你們的心情。分離讓你們感到痛苦，因為你們還沒有學會享受兩心相思的美好。多麼遺憾哪！」

阿米的話讓我回想起，我經常感受到文卡就在我心中；還想起有好多個夜晚，我想像著她就在我身旁。在想像中，這些相會的情景強烈深刻到彷彿我們真的相聚在一起。我把這個感受告訴阿米。文卡在一旁聽到後說道：她也有過這樣的經驗，那時她也覺得我彷彿就在她的身旁。

「因為你們那時真的結合在一起了──不是肉體，而是靈魂。」

「當然啦，不過二者有什麼不同？」我問道。

「真正的愛情發生在靈魂，而不是肉體。正因為如此，取決於肉體形式的感情都是轉瞬即逝的；只要皺紋一出現，體重一增加，感情就隨之消失。那不是愛情，而是毫無深度和力量的短暫吸引。真正的愛情來自彼此的力量，而這種力量是對方整個內心世界的概括；無論距離還是時間都擋不住這種情感的交流。這樣的愛情就是死亡也無法使之滅絕。」

文卡望著我，感動得熱淚盈眶。我們都知道阿米所說的，就是把我們結合在一起的感情。我們緊緊相擁，又一次進入讓我們忘了宇宙中其他事物的無時間境界……

不知道過了多久，突然聽到阿米的聲音：「老實說，這一齣戲碼稍微長了點……」

我們不好意思地回過神來。但是，我從阿米的表情發現：他雖然在微笑，故意裝出頑皮的樣子，但是無法掩藏眼中的感動。

阿米察覺到我的意念，他說：「沒錯，彼德羅，『孩子氣』是有傳染性的；你們的柔情蜜意釋放出振波，讓一個恐龍化石都被感動了。哈哈哈。」

我看到許多色彩繽紛的蝴蝶在四周飛舞。

「彼德羅，你有沒有發現鳥兒的歌聲也更加悅耳？」

我注意傾聽，果然是真的；整個樹林裡的生物似乎都在歌唱和跳舞，慶祝我們的幸福愛情。

「這一切是被你們釋放出的高級振波所引發的。你們已經知道愛是宇宙最高的能量，因此，正是你們所產生的『音樂』引動了這整場燦爛的『舞蹈』。」阿米解釋說。

「所以愛能引起歡樂……」文卡作出結論。

「的確如此。天地萬物都會向它們的源頭靠近——也就是我們說的宇宙之愛；相反地，冷漠則讓人彼此疏離。」經過阿米的說明，我明白了有些人之所以不快樂，是因為他們心中沒有愛。

「因為他們不能或者不願意敞開心扉。好了，我們上飛船吧！」阿米站起來，一面從腰間拿出遙控器。

2 克拉托的祕密

黃色的光柱把我們三人包圍起來。我抬頭仰望，那艘壯觀的宇宙飛船，現在只有我們看得見；它既神奇又美麗。飛船平穩地旋轉，微微傾斜地上升到比松樹頂端還高的地方。燦爛的陽光照射在它那銀色的金屬機身上，反射出耀眼的光輝。我發現阿米這次換了另一艘飛船，因為這一艘的機身下方有一顆長了翅膀的心。

「這不是上一次那個『飛碟』吧？」我說。

「彼德羅，你猜對了。艙內有很多設備和上次那一艘一樣，但是增加了許多高科技的設計，體積也更大。你馬上就會看到。」

我的身體被高高舉起，送進飛船內部。我十分開心，一點也不害怕。我快要變成太空飛行的常客了。這不是吹牛：地球上那些著名的飛行員與我相比，他們的所見所聞可就比我遜色許多。

飄浮在空氣中而身體毫無重力的感覺，實在妙不可言。我向下望去，看到了閃著波光的藍色大海、大片的樹林、沙灘，和我家的海邊小屋。我伸展雙臂，想像小鳥般自由快樂的感覺。這比遊樂場裡任何遊戲都更好玩，也更安全。

進入飛船內部時，腳下有道滑動的金屬門關閉起來，身體漸漸恢復了重量。一踏上客廳柔軟的地毯，便喚起了過去的回憶。這艘飛船的指揮艙比上一艘大得多，艙頂也更高，一個成年人可以筆直地站立。我靠近舷窗，看到了海水浴場和遊戲機房，使我想起每台遊戲機螢幕上出現的「阿米」字樣。

「阿米，你那個玩笑可真不賴。」我知道他早已看透我的心思。文卡問我是什麼事，我告訴她詳細經過，她覺得非常有趣。

「我那麼做是為了通知你：我來了，也為的是讓那些玩上癮的孩子洩氣，讓他們把注意力轉移到別的事情，善用自己的時間，而不是把時間浪費在遊戲機上。」

我心裡想，阿米變得跟我奶奶一樣了。他笑著說：「你奶奶是對的。凡是被登錄在排行榜上的人，都是最傻的傢伙；不僅是因為他浪費的金錢和時間比別人多，而且這種遊戲會扭曲人們的心靈。在遊戲中，孩子們不停地進行殺戮和破壞的動作，這會留下陰影，影響他們的價值觀和行為舉止，更別說耳膜還得長時間忍受震耳欲聾的噪音。可憐的孩子們……」

我極力向阿米和文卡解釋玩遊戲機時興奮刺激的真實感受。

阿米說：「一切都是環境與價值觀不同的問題。在小偷的世界裡，最善於偷盜的傢伙被看成是最聰明的人；但是，他在我們的星球上就是不折不扣的傻瓜。在遊戲機上拿第一的人也一樣。彼德羅，那種感受並不真實，只是虛榮心作祟罷了。」

文卡來到我身邊，用雙臂抱住我。這時我覺得阿米是對的；沉迷於遊戲機並不聰明，與文卡在我身邊的感覺相比，實在不值一提。

阿米笑著說：「像你們現在這樣才是真實的感受。」

我覺得他說得有道理。但是心裡忍不住想：有愛人在身邊時，自然不需要遊戲機陪伴，可是一個人獨處的時候，又該怎麼辦呢？

阿米說：「即使身邊沒有人陪伴，愛情也永遠都在。」

這句話說得很漂亮，某種程度上也是對的。但是我告訴阿米，離開文卡我不可能幸福。文卡說，她也一樣離不開我。

「因為你們離開另一半時，就關閉了心扉，忽略生命的美妙和神奇，失去了享受生活的機會。這就好像有人說得那樣，『他（或她）若不在我身邊，我就快樂不起來。』不要快樂卻選擇悲傷，難道不愚蠢嗎？」

文卡對此另有看法：「悲傷不是選擇而來的；愛人不在身邊，悲傷自己就來了。」

「你們選擇了：『愛人不在，悲傷不請自來』。」阿米笑道：「而別人呢，選擇了無論一個人還是兩個人，都永遠保持愉快的心情。這才是聰明人呢。不依賴任何人事物而得到幸福，就不會對任何東西過度沈溺。」

「過度沈溺？」

「對，因為過度依賴另一個個體，無論是靈魂伴侶、媽媽、兒子、親戚、朋友或是寵物，都會讓人陷溺其中；而過度沉溺的結果，會使靈魂如同被奴役，心靈更失去自由。一旦靈魂失去自由，就不可能有真正的幸福。」

「愛情是一種沈溺嗎？」我很困惑。

「不是。但如果幸福快樂取決於他人，就會沈溺其中。」

「阿米，愛情就是這樣的。」文卡說道。

我們的外星小朋友不同意這個說法。

「這樣充其量不過是依戀、附屬，是一種沈溺罷了。真正的愛情是給予，以愛人的幸福為自己的幸福；不強迫對方終日廝守，不占有和支配對方。不過，你們的年齡還太小，不能理解某些事情。」

文卡固執地說：「阿米，我知道我的心靈會永遠與彼德羅結合在一起，克服遙遠距離的阻隔，但是這和實際相處還是不一樣。當我們的愛情如此強烈的時候，就非常渴望經常見面、談話、擁抱等等；所以我要問你一個非常重要的問題：有沒有辦法讓我們永遠不分開？」

一瞬間，我的心中燃起了希望的火花。可是，阿米看看我們，無可奈何地嘆息道：「孩子們，別奢望了！」

我們低下了頭，感到非常失望。

「我不能騙你們。在一起生活是絕對不可能的，百分之百地不可能。至少在你們成年之前是不行的。」

「阿米，為什麼？」

「你們還是孩子，而這種事取決於大人。因為要生活在一起，你們兩人之中有一個人就得永遠離開自己的星球到對方星球上去生活，對不對？」

「當然。」

阿米繼續說道：「如果我帶你們某個人遷居到另一個星球，那銀河系當局就會要我拿出成人許可證明。」

「啊，太空當局跟地球上的政府一樣官僚！」我憤憤地說道。

阿米說：「常言說得好：『天上地下一個樣』；不過還是有些差別。地球上只認證明文件，而天上則看重『愛心』。銀河系當局認為真心關愛孩子的人才有資格堅護孩子，並不管什麼姓名、血緣或者證明文件。」

「啊，這就合理多了。」

「彼德羅，你離開地球要經過奶奶批准。」

「我表哥維克多沒有批准權嗎？」

「沒有。因為他不是最關愛你的人。」

「真不可思議！」

「阿米，如果是我離開契阿呢？」文卡問道。

「那得經過妳姨媽克羅卡的許可。但是，她剛剛跟戈羅結婚，而戈羅也非常喜歡妳，所以也必須得到姨父的同意。你們認為能獲得他們的許可嗎？」

這番話讓我洩氣極了。要說服這些人不是件容易的事。不過我馬上想到，我們之中只要有一個人得到批准就足夠了。

「阿米，只需要一項許可就行了，對吧？」我對這個想法沾沾自喜。

「如果文卡不能得到批准，你願意搬到契阿嗎？」

這個假設讓我感到不安。就算奶奶允許我離開地球，我也不忍心把她老人家單獨留下。但是文卡興致勃勃地盤算起來。

「我想我姨媽一定會讓我走的，因為自從她結婚以來已經忘了我的存在。至於我姨父就比較難辦。戈羅姨父是個嚴肅專橫的人。他對我的管教很嚴格，說什麼要讓我接受正規的教育。他對我的念書和作息時間都嚴格監督，比我姨媽厲害多啦。或許用不著讓他知道全部真相……」

「文卡，要把全部事實告訴姨父。這關乎感覺和愛心問題。記得嗎？關於愛心，咱們是怎麼說的？」

「愛心就是神的象徵！」我們異口同聲喊道。

「好極了！那你們就應該明白：神不允許不誠實的行為。因此，既然你們真心相愛，就應該光明正大地徵詢大人的許可，不該犯下錯誤；因為一旦出錯，愛情就不純潔了。如果愛情被虛偽、欺騙或背叛所玷污，神會遠離你們，再也不會給你們快樂和幸福。」

他用一種心照不宣的目光看著我們說：「我想你們已經體會到愛情帶來的幸福，對吧？」

我們相視而笑，盡在不言中。

「但是，隨便一個謊言或者不誠實的行為，就足以讓原本美妙的關係產生裂痕和怨恨。而修補裂痕並不容易，往往會留下陰影。這就是不誠實的愛情帶來的後遺症。」

「啊！」

「遺憾的是，人類往往不記得愛是神聖的，是神在他們生命中所顯現的奇蹟，應當特別珍視並小心維護。」

在此之前（包括學校的教育），我從來不曾對愛有如此透澈的認識。我在心裡默默感謝神賜與我們倆奇蹟，並決心一輩子忠於文卡，以免失去愛所給予我們的幸福。

「阿米，我明白這個道理。話說回來，我不知該怎麼向姨父解釋：我要去另一個遙遠的世界，跟一個外星人生活……因為他堅信只有在契阿才有最聰明的生活方式。」

阿米笑著說：「事實上，那是半聰明半愚蠢的生活。真正聰明的地方沒有苦難。」

「我們必須努力說服文卡的姨父，此外沒有別的路可走。」我的態度很堅決。

「彼德羅，恐怕沒這麼樂觀。來這裡之前，我用高科技電腦給她姨父做過心理測試，得到結果是：要想讓戈羅同意文卡離境，是不——可——能——的！他會像一頭倔強的驢子那樣不肯讓步。」

「我才不管什麼驢不驢的，我們必須盡力試試看。否則我就去死……」文卡淚流滿面地抱住我，我也忍不住掉淚……

「不能長相廝守毋寧死！」我憤慨地說。

「多精彩的電視劇啊！」阿米笑著評論道。「你們打算用這種方式抗爭？」

「就打算這樣！」我們一起回答。

「好吧，那事情就有轉機了。因為兩個相愛的人如果下定決心，就會產生一股強大的愛的力量。」

我們的心中亮起一線光明。

「根據科學儀器的分析，戈羅不可能讓步。可是從你們倆剛剛戲劇性地表白，我知道你們下定決心拼死一戰。那咱們就奮戰到底吧！科學數據敵不過銀河系的主宰，而我們藉由信心就可以接近祂。我覺得你們有這個信心，因為愛就是信心的最高形式。」

聽了阿米這一番話，我們的心裡充滿了快樂和希望。

「我們當然有信心！」

「太好了！這份信心為我們帶來了希望。這件事情並不容易，你們別抱過多幻想，以為可以輕鬆快速地達成目標。但是無論如何，我們要努力嘗試！」說罷，他操縱儀表板，飛船開始啟動了。他以鼓勵的眼光地看著我們，高聲道：「孩子們，咱們去說服文卡的姨父吧！」

「出發囉！」我們因為勝利在望而興奮不已。

舷窗外出現一片白霧，表示我們正離開平日習慣的時空，朝著遙遠的地方飛去。

「太空飛船向契阿前進。目前沒有發現敵船。」阿米模仿機長的口吻說。「那些太空電影，我也看過。」

「咱們先去文卡的家，對嗎？」

「困難的任務留到最後。先去拜訪克拉托，再一起商量怎麼解決那個難題。」

「太好了！」我高興地歡呼起來，因為老克拉托為人風趣，我很喜歡和他相處。

「又可以看到克拉托了，還有他那隻叫特拉斯克的『布戈』。」文卡也很高興。

「布戈」指的是老人豢養的一條大「狗」——其實它的外表更像一隻長著貓臉、全身披著羊毛的長頸鴕鳥。於是，我想起文卡和大部分契阿人一樣，吃一種叫做「卡拉波羅」的水、陸、空三棲的可愛小動物。我半開玩笑地對她說：「可別再像『那些』女人一樣強迫我吃『卡拉波羅』肉。」她笑了，然後用調侃的語氣說道：「她們吃肉，可是並不殘忍。你吃的那種漂亮小動物叫什麼名字？」

「羔羊。可是我後來一直再也沒吃過。」

阿米高聲道：「彼德羅，你不吃肉啦？真令人難以置信！」

「這個、這個……因為我不想吃任何……。」

「你是指死動物的肉嗎？」阿米笑著問道。

「我姨媽本來就不擅長烹調素食，現在更不行了，因為她跟一個只吃肉的特里人結了婚……」文卡試圖為吃肉的事辯解。

這句話讓我驚訝極了。

「什麼？你姨父是特里人?!」我的心中除了驚訝，還有恐懼。因為特里人在文卡的描述中就像是兇猛蠻橫的野獸，我們怎麼可能說服他呢？另外，我一直以為在契阿星球上，文卡所屬的斯瓦瑪人和高頭大馬、毛髮濃密的特里人是水火不容的。可是兩種人居然戀愛結婚，而且又正好是文卡的親人……

阿米解釋說：「在契阿，斯瓦瑪人和特里人之間通婚的情況很普遍。」

「我以為他們是死對頭呢。」

「現在也還是，但是只存在於種族與種族之間。」阿米進一步說明道：「這就如同在兩個敵對的國家之間，有時愛情可以超越仇恨，組成家庭。」

「沒錯。撇去種族仇恨不論，站在個人立場時我們常能互相包容，有時還能產生友誼和愛情。」文卡說道。

我想起在地球上，有些國家內部發生種族衝突；但大家畢竟屬於同一人種，而契阿的情況卻更複雜。

「那他們生下的孩子會長得像什麼呢？當然，我是說如果能生下來的話……」

「當然可以。有時生下斯瓦瑪人，有時是特里人。」

我更加吃驚了。

「那麼會有兒子是斯瓦瑪人，而母親是特里人的情況嗎？」

「當然有了。彼德羅，我自己就是跨種族的愛情結晶；因為我母親是斯瓦瑪人，而我父親是特里人。父母死於戰火，在我還是嬰兒的時候，姨媽收養了我；她是斯瓦瑪人，不久前和特里人結了婚。她瘋狂地愛上了姨父，現在都把我給冷落了，甚至……」

契阿星球的怪事，在文卡眼中似乎再正常不過。

我越聽越疑惑。阿米的神情十分開心，但是他一聲不吭地注視著我們。

「文卡，你等一等。」我打斷了她的話。

「怎麼啦，彼德羅？」

「要不是我聽錯了，就是妳說錯了——妳爸爸是……特里人？」

「是啊。你沒聽錯。」她的神情很平靜，美麗的紫色眼睛望著我，一臉純真。

「這麼說妳是半個……特里人……」

「不是。我父親是特里人，但我不是。感謝神，我是斯瓦瑪人。」

「啊，不對。這是不可能的！在地球上，大猩猩不可能與人類雜交。」

「彼德羅，猩猩與人類是不同的物種。」阿米澄清道。

「斯瓦瑪人與特里人不是不同的物種嗎？」

「不是。」阿米解釋道：「契阿只有一種人類：由斯瓦瑪族和特里族組成。」

「什麼？上次漫遊時你可沒提到這個……」我不解地問道。

「是的。那時我不能大膽談論這個話題，因為改造還沒有開始。如果我說斯瓦瑪和特里是同一種人，眼前這位斯瓦瑪小姐會打破我的腦袋，因為斯瓦瑪人非常團結相愛。」

「我想我真的會打破他的腦袋……」文卡笑了。

「那是什麼樣的改造？」我問道。

「有些特里人把自己改造成了斯瓦瑪人。」文卡說。

「真的嗎？」

阿米操控著鍵盤，螢幕上顯示出毛毛蟲變成蝴蝶的過程。

「改造的過程就和這個類似。願意改造的特里人，骨骼變軟，身高縮減，尖牙脫落，長出像斯瓦瑪人的牙齒。身上的綠色毛髮褪去，頭髮變成玫瑰色，耳朵變尖。眼睛變成紫色。在短短的兩、三天裡，他們的身心都發生重大變化，最終完成不尋常的改造變形。另外，他們放棄了特里人的思維和感覺方式；這是改造中最重要的部分。」

文卡說：「他們變成了斯瓦瑪人，成為真正的人類。」

阿米笑著補充說：「同樣的事情也正在地球上發生，雖然外表看起來並不明顯。」

文卡繼續解釋說：「自從有個非常重要而且掌握大權的特里人轉變成斯瓦瑪人以後，特里人現在的態度變得柔軟多了；由於這個原因再加上科學證明特里和斯瓦瑪其實是同一人種，使法律作了修改，現在也有些斯瓦瑪人開始擔任重要職務了。學校和其他組織內分裂不和的現象得到改善；另一方面，特里人的兩派內戰也結束了。如今局勢緩和許多。

「不過，局勢也不是全然樂觀，因為憤怒的恐怖犯罪集團到處殺人放火，人心惶惶；再加上科技水準提高，炸彈越來越容易製造，殺傷力也日益強大，真不知道什麼時候才能平息。」

這番話讓我非常吃驚，因為地球上似乎也有相似的現象。

「地球兩大強國之間長期的對抗已經結束，可是恐怖分子到處孳事。儘管整體局勢不再緊張，暴力事件卻層出不窮，這是怎麼回事呢？」我問道。

阿米回答說：「我解釋過地球和契阿經過相似的進化過程，接近高等生物能量狀態，並開始放射更純淨的能量，影響上面居住的人類。這些新的高級能量加快了進化速度。我記得跟你們說過，進化意味著……想起來了嗎？」

「進化意味著接近愛心！」我們高聲答道。這是與阿米初次見面時，他給我們上的課。這個觀念猶如一道明光，使我豁然開朗，更能體會生活的意義。當然，這是在學校裡沒有學過的。

「是的。因為這些新的高級能量有利於人類意識的覺醒，和更高層次情感的表達：比如和平與團結。」

「和平與團結的趨勢還沒有出現……」我想起地球上恐怖主義的猖獗和其他亂象。

「已經逐漸出現了，並且隨著進化過程加快速度。從前，人們比較麻木，如今變得比較敏銳，比較有覺悟力了。這種進展使一切不道德的行為、一切違反愛心法則的事情越來越受到蔑視和譴責，甚至受到懲罰——不論是人類的法律或者是宇宙法則的懲罰。這都是進化的表現，表示人們的頭腦開始清醒，愛心也增加了；這是一種漸進的變化，但是效果快速而持久，目標是建立高級的文明形式。」

阿米這番話給我一個感覺，像是在暗示不需要再做什麼了；彷彿我們的世界已經得救，要在地球建立奧菲爾般的天堂也是指日在望。他看透了我的想法。

「小夥子，事情沒有那麼簡單。因為儘管良心與愛心逐漸增長，但在這個『新心世界』歡樂誕生的同時，還有一個垂死掙扎的世界，依舊滯留在人們的心靈和思想，不願離去；它知道死期臨近，但它仍然擁有頑強的力量……」

「你們想認識一下世界的暴君嗎？」阿米的神情看起來準沒好事。

「哪個世界的暴君？」

「地球上的或契阿上的，其實沒什麼不同。這兩個星球上的『文明』——如果可以稱之為『文明』的話——都是受到同一個勢力掌控。」

「世界的暴君！我從來不知道地球上有暴君！」我驚訝地喊道。

「契阿沒有世界暴君，各國都有民主制度下的總統。」文卡也不認同阿米的說法。

「文卡，妳錯了。暴君確實存在。你們看看那個螢幕！」

他指指安裝在艙內側邊一片巨大透明的薄板；我一直以為那不過是個裝飾品呢。

「你們會看到某個代表典型。」

「什麼形？」文卡問道。

「代表典型。你們不知道什麼叫『典型』嗎？」

「是一種形狀嗎？」我問。

「好啦，沒關係。以後你們會明白的。你們即將看到的這位先生面貌模糊，但是不難想像他的德行。事實上，他是某種勢力的化身，是低級能量的象徵。你們注意看！」

螢幕上出現了一個瘦瘦高高的男子，身披及地紅色斗篷。紅色斗篷裡面穿了一身黑，他那錐子般銳利的可怕目光中蘊藏著無限的冷酷、殘暴與邪惡。他的瞳孔周圍是紅色的「眼白」，雙手是一對魔爪……模樣可怕極了！

文卡發出一聲尖叫，驚慌地躲到後艙去了。

「阿米，快快關掉！那是魔鬼！」我幾乎喊叫起來。

「不，不是魔鬼。他是世界暴君。」阿米笑著回答，隨後關掉了可怕的影像。

「文卡，回來吧。暴君離開了。」

「……真的嗎？」

「用不著害怕。他並沒有真的來過這裡。那僅僅是集體潛意識的投射。」

「可是他直勾勾地死盯著我呢。」我餘悸猶存地說。

「他盯的是『鏡頭』。」阿米笑著說明。

文卡好不容易回到

了指揮艙，她說：「這個世界暴君是怎麼一回事？我從來不知道有什麼暴君。他住在什麼地方？」

「他住在每個人的思想深處。」

文卡驚慌起來。

「這個魔鬼藏在我心裡？」

「人心裡藏著各種東西，文卡。從愛心到邪念，什麼都有！至於在現實生活中到底是真、善、美還是假、惡、醜，是每個人根據自己的程度表現出來的結果。」

我明白阿米是對的，因為我自己就常常氣得巴不得把某些人給宰了……還好只停留在想的階段。而有些人卻克制不住衝動，釀成大禍。他們遠離神的愛心，而接近魔鬼暴君。

文卡想知道這個暴君都幹些什麼勾當。

「這個人物躲在陰暗的地方，躲在人們靈魂最陰暗的角落，想盡辦法控制現實世界的權力。暴君會利用覺悟力低的人，把他們放在權力崗位上，為實現他的目的服務。」

「你的意思是說：我們星球上的政府領導人都被他操縱？」

「文卡，當然不是。有許多領導人是以行善為動力的；他們有責任感，願意為別人著想，為世界著想，為國家和民族著想。他們爭取執政權是為了改善現狀、散布真理，並阻撓道德敗壞。於是，暴君就搶走他們的權力以破壞他們的目標……」

「真像大野狼欺負小綿羊！」

「因此，好人行善並不容易。此外，敢於做好事，破壞暴君利益並且進行真正改革的人總是少數。但是幸虧有了這些人，否則的話人性就蕩然無存了；因為沒有他們，暴君就更加橫行無阻。」

「我想也是……有些人為什麼讓他控制呢？」

「他們並不知道自己的思想和欲望被他左右著，任由他挑起戰爭、犯罪、狂熱情緒和恐怖主義，以致社會充滿偏見、惡事頻傳，和諧與寬容則是遙不可及。政治腐化之餘，大半個世界的經濟命脈也落入少數某幾個國家或財團的手裡。」

「阿米，他為什麼要這樣做？」

「此人的目的只有一個：不讓世界幸福。」

「啊，所以才有這麼多的災難。」文卡嘆息道。

「阿米，我不懂他為什麼不願意世界幸福？」我還不太明白。

「這就如同細菌不願意碰上殺菌劑一樣。」

「我不懂……」

「幸福來自愛心；而愛心是世界之光。」

「然後呢？」

「就像有些細菌和昆蟲會見光死，暴君老爺也只能在陰影裡倖存。明白嗎？」

「大概吧……」

「孩子們，這是個能量問題。當人們幸福時，發出高級能量；不幸的時候，發出低級能量或振波。處於陰影裡的人受不了高級振波的衝擊，如同吸血鬼無法忍受陽光一樣。暴君不允許世界充滿高級能量，因為高級能量會殺害他。現在明白了嗎？」

「明白了。所以暴君只有在世界不幸時才能生存，他在自己的領土內下令放射邪惡的振波。」

「是的，彼德羅。不過，那並不是他的領土。暴君是個侵略者，如同鑽進家裡的老鼠，或是一種入侵的病毒。只要真正的執政者——世界之王沒有來到，這個篡權的傢伙就可以指揮一切。暴君明白這個道理，所以他千方百計要阻止世界之王的到來。當光明的力量增長時，黑暗的勢力也會自我防護；這就是為什麼美好的事物和醜惡的事物往往同時並存。這是一場精心布置的戰局：開始於心，然後彰顯於外。明白了嗎？」

「明白了。那世界之王會是誰呢？」

「真正的世界之王就是管理整個宇宙的君王——就是愛心，就是宇宙之愛。」

「如果是愛心管轄整個宇宙，那為什麼還會允許暴君這個野獸統治我們的星球？」

「這不是神允許的，而是你們自己造成的。」

「我們造成的？」

「是的。我早就跟你們說過：神尊重所有星球上的人群和個人的自由。邪惡統治著你們的星球，統馭著許多人的心靈。許多情況下邪惡就在你們內心深處，因為你們自己允許邪惡藏在心裡。」

「我認為你說得對……」

「因此，暴君處心積慮把魔爪伸向政治和經濟領域，煽動犯罪和種種狂熱行為，甚至以宗教和體育的名目為幌子。你們之前在薄板上看到的那個代表典型不是很好，顯示你們對生命品質的要求並不高。另外，你們長久以來抱持著這樣的『真知灼見』：不表示意見，不管『閒事』，讓別人去操心；因此，你們的星球至今還是老樣子……」

「阿米，你說得對。我們麻木不仁，貪圖安逸，讓暴君橫行霸道；因此地球就沒有建設奧菲爾那種天堂的希望。」

「但是，任何力量都有其剋星。」阿米笑著說。這一回他的笑容裡包含著某種希望。他再次操作鍵盤。這時，在同一片玻璃螢幕上出現了一個身穿白色衣裳的鬈髮青年；他面帶笑容，手持閃閃發光的黃金寶劍。

「真帥！」文卡著迷地讚嘆著。

「神的使者來了！他將打敗侵略者。」阿米的語氣十分熱切。

「所以這位青年要殺掉『吸血鬼』？」

「確切地說，是一種力量壓倒另外一種力量。我再說一遍：這種情形首先會發生在內心世界，隨後才反應到外部世界來。這是無可避免的趨勢，問題在於發生的時間、方式和代價。」

「阿米，可以再說得清楚些嗎？」

「你們現在為完成自己的任務而工作，其他許多計畫成員也是如此。為了讓邁向更美好文明的進化過程不那麼痛苦，而能再溫和、快速些，你們努力完成自己任務的時候，其他相關環節也在配合。不過目前還不知道事情會如何結束，雖然已經有些令人鼓舞的跡象。」

「比如什麼樣的跡象？」

「我說過，行善的人、為光明事業效力的人日益增多，包括一些頗有影響力的人物；迫使暴君的勢力範圍逐漸縮小；於是他自然要對抗變革，延長統治時間。他意識到，如果人人都覺悟了，他就無法掌權；因此，他極力煽動一切迷惑人心的活動。」

「他是個畜生！」文卡氣憤地喊道。

「克制一點，別生氣！」阿米勸她。

「對不起。真讓人惱火。」

「可是妳也不該辱罵所有的動物啊。比起暴君那隻大害蟲，許多小動物反而沒害過人。哈哈哈！」

我想起阿米曾經說過，沒有百分之百的壞人。難道他忘記了？

「彼德羅，我說的是人類，不是那種鬼東西。魔鬼完全不管什麼人類的未來，反而一心阻止光明的到來，所以他千方百計地散布最致命、最具破壞力、使人蠻橫霸道的武器。這樣的武器會發出最低級的能量和振波，把人類和世界籠罩在深沉的黑夜裡。」

「阿米，這種武器是什麼樣子？」我們滿懷恐懼地問道。

「就是毒品！」他牢牢地注視著我們的眼睛，沈重地吐出這個恐怖的字眼。

「如果吸毒人口增加，世界的未來就有可能被人類敵人操縱的傀儡所掌握；因為一個人一旦吸毒成癮，就會智力遲鈍，情感冷卻，為內心的陰暗世界敞開大門。於是，暴君可以隨心所欲地操縱他。因此，吸毒的人可能作出種種可怕的事情來。」

我們倆聽了以後感到十分震驚。

「這些可憐的毒癮犧牲品會變成散發邪惡能量的強大熱源，而這恰恰是暴君所需要的；因為世界越是黑暗，他的統治勢力就越是穩固。」

「當然了……」

「使人『吸毒上癮』的另一種形式是煽動人們以暴力和詭詐的手段滿足私慾。」

「比如什麼想法？」

「有些人生活的唯一動力就是自己或者家庭、子女。」

「這難道不好嗎？」

「不是不好。恰恰相反，我們當然應該照顧和保護親人。」

「那又壞在哪裡呢？」

「壞在『唯一』上。連野獸都有舐犢之情，所以愛護親人是理所當然，沒有什麼大功勞可言；不這樣做是會令人不齒的。但問題是，別人的親人又該怎麼辦？」

「我懂了。」

「各種單位或者團體也有同樣的問題。暴君讓有些人以為：『唯一重要』的就是捍衛自己所屬『團體』的利益。這些『團體』可以是種族、宗教、社會階級、體育俱樂部、政黨、意識形態、精神文化、商業集團、黑道幫派、村鎮、學校……」

「阿米，我很迷我們學校的球隊。他們獲勝的時候，我非常高興，甚至希望能捐出零用錢資助他們。這不好嗎？」我問他。

「彼德羅，這沒什麼不好。希望我們選擇的事物有好的成果並且為此效力，這是好事，甚至是必要的；因為我們熱愛的事物也是我們自身的一部分。」

「那就好……」

「但是如果以為只有『唯一』二字才是真理，對別人就不會尊重，也不會有愛心可言，而是只有冷漠，或者更惡劣的態度，比如：仇恨、暴力、欺騙。這就給暴君一個信號：伸出魔爪的時候到了，因為他總是在尋找挑動人們分裂、攻擊、衝突的時機。」

「這麼說起來，這個暴君也藏在我內心深處，因為我總希望對手輸球。」

阿米大笑起來。

「這很正常，我們都希望自己支持的隊伍贏得比賽。但是彼德羅，說實話，你希望對手永遠消失嗎？」

我想像著沒有「敵人」出現的比賽會是什麼情景——有一種若有所失的感覺，因為敵隊裡也有我的朋友。如果我們贏了，我去笑話誰呢？如果我們輸了，我又找誰發火呢？於是，我明白了：對手是讓我產生熱情的重要泉源；因此沒有對手的比賽是非常乏味的。

「你說得對。我不希望他們消失……但是希望他們更有風度些！贏球以後別那麼趾高氣揚的！」

阿米和文卡都笑了。

「這表示你不受暴君的影響。」

「阿米，你說什麼？」

「如果總是想徹底消滅對方，無論有什麼藉口，都是暴君黑暗勢力入侵的結果。」

「啊……」

「在我們的星球上只有合作沒有競爭；而在地球這種低度進化的世界裡，競爭是免不了的。如果競爭本身是健康的話，還算可以接受；尤其競爭比起戰爭來傷害要小得多，可以疏導某些內部能量。但是，暴君極力干涉競爭活動；他要人們相信：喜愛體育或者其他某些活動就應該仇視對手，還把這種仇恨以『神聖的情感』、『高尚的理想』加以美化。有些走火入魔的人甚至被激起殺人的動機……但是，人類此時此刻最需要的是和平及友誼。」

「阿米，你說得對。」

「暴君有許多狡猾的手段。我再強調一次：他首先會從人們的思想和靈魂裡下工夫。他要極力混淆人們的價值觀。」

「那咱們應該團結起來對抗他的爪牙，向他們開戰……啊，不，我想起來了：應該從教育著手……」

阿米又笑了。

「當然要從教育著手。一個『追求和平與愛心的工作者』如果滿懷仇恨，那就成了暴君的另一個犧牲品。首先還是要改變我們自己，讓自己變得優秀、更誠實、更謙和；然後，藉著傳播幫助人覺悟的積極價值觀、知識和力量，將我們內在的改變投射到周遭的人身上，好讓為黑暗勢力效力的人逐漸減少，使『惡狼』無人可咬、無人可操縱的那一天早日來到，這樣人類才會產生徹底的改變。」

「狼是地球上的動物，長得很像契阿上的『丘克』，不過身上不是羽毛，而是皮毛。對嗎，阿米？」文卡問道。

「說得對，文卡。」

「阿米，那你就別責罵可憐的狼了。」

阿米吃驚地看看我和文卡，眼睛睜得老大，彷彿在說「我真傻」，因為他也把黑惡勢力比喻成動物了。我和文卡笑個不停。阿米也會犯錯，讓我們覺得與他更親近了。

從舷窗望出去，一個碩大的星球出現了，那就是文卡的家鄉——契阿。不一會兒，飛船整個鑽進了巨大的藍色大氣層，感覺就和登陸地球一樣。

「我們的星球很美麗，但是我會高高興興地離開這裡。我對彼德羅的愛比對這裡的愛更強烈。」文卡自言自語起來。

我走過去，在她的臉頰上親吻了一下。

「妳離開契阿到地球上去的可能性，取決於妳那位特里姨父戈羅，他比起現在螢幕上看到的這個契阿人，實在不討人喜歡。」阿米說道。

螢幕上出現了克拉托的身影，老人家漫步在自家的果園裡，臉上的表情有些悲傷。能再見到這位老人，我很高興。他身上穿著灰白色的長袍或斗篷之類的衣服，像是《聖經》裡的人物；雖然他並沒有半點聖人的模樣。

幾分鐘後，我們已經飛到了克拉托家上空，在上次訪問時停留的地方停下。儀表板的燈光熄滅了，表示飛船處於隱形狀態；但是下面的動物感覺到我們的出現，開始微微騷動，使克拉托明白太空朋友又來了——就在天上看不見的飛船裡。

這時，老人的表情完全變了，顯得神采奕奕，滿面紅光。老人家高興地向我們招手——他已經熟悉了阿米經常停放飛船的空中位置。我們很快來到老人身邊，因為重逢的喜悅而互相擁抱。特拉斯克一面嗚嗚叫，一面興奮地搖擺著長長的尾巴，就和地球上的狗一樣。我們也同樣興奮，雖然並沒有手舞足蹈……

阿米為老人戴上耳機。老人熱情地說：「孩子們，我一直非常想念你們，於是決定讓你們永遠跟我生活在一起。我在餐桌旁邊給你們每人安排了一個座位，每天晚上都跟你們聊天。呵呵呵。來！你們看看！」老人領著我們向屋裡走去。我不太明白老人剛才說的話。

我們走進餐廳。餐桌是從巨大樹幹上橫切下來的圓面，經過長期使用被磨擦得十分光滑，安放在幾根粗大的木棍上。周圍擺放著四把椅子。桌子上面擺放著四個盤子、四個杯子和四份餐具；其中三份布滿了灰塵。

「阿米，看見了嗎？在我對面的是你的座位。美麗的文卡坐在我右邊，這個叫彼得羅的好小子在我左邊。咱們一面喝著果子酒一面快樂地聊天，真是享受啊！哈哈哈。因為文卡討厭我抽菸，我只好戒菸了。要不然，她會把我轟出去。哈哈哈。」

這番話讓我很感動。我明白克拉托因為十分想念我們，也為了排遣寂寞，所以想像我們跟他生活在一起，每天在飯桌旁陪他聊天。我發現文卡和阿米眼睛裡都閃爍著晶瑩的淚光。我也一樣。來到這裡之前我有時會疑惑：克拉托會不會想念我們呢？現在想起這個念頭真是慚愧。

文卡控制住情緒之後，問克拉托：「我確實無法忍受菸味！可是您怎麼知道呢？」

「很簡單，我有超感知能力。哈哈哈。」

阿米神祕地說：「或許這就是咱們跟他再見面的原因吧……」

「跟我和彼德羅晚上見面的方式一樣？」

「沒錯！就是這樣。儘管你們現在甜蜜得想不起那段日子了。」

我想讓老人高興高興，便十分熱情地對他說：「克拉托，您知道嗎？現在您在我們地球可是享有盛名啦。」

「什麼？真的嗎？」

「當然！」

「我有什麼了不起的事蹟嗎？哈哈哈。」

「就因為您的羊皮書，您那獲得愛心的處方。您知道嗎？地球上許多年輕人複印了羊皮書，到處散發，張貼在學校布告欄裡，刊登在報刊雜誌上和其他許多地方。」

我第一次看到他表情如此嚴肅。他目不轉睛地盯著我，神情激動。

「這一切……都是……真的？」

「您問問阿米吧！認識您以後，我寫了一本書，把羊皮書的內容也記錄在其中。這本書大受歡迎，翻譯成好幾種語言。」

克拉托以懷疑的眼神看看阿米。

阿米說：「這是真的。」

文卡高興地附和道：「您在契阿這裡也出了名啦，因為我像彼德羅一樣，也把您的金玉良言寫在書中。我的書也非常成功。在即將著手的第三本書裡，我會明確寫出您住的地方，以後就會有許多人來拜訪您。」

「啊，不，不！」老人的目光閃過一絲陰影。

我感到奇怪，便問他：「您不喜歡這樣嗎？」

「我要是喜歡客人來訪，早就住到城裡去了。」

「克拉托，您想躲避什麼呀？」阿米調皮地看看他。

「躲避什麼？……哈哈哈……我不躲避什麼。我喜歡孤獨。」老人顯得有點緊張。

「您要是喜歡孤獨，就不會想像什麼我們每天晚上陪您聊天的故事了。您沒說實話。」阿米笑著說道，一面親熱地挽起老人的胳膊。「您到底想躲避什麼啊？」

「我？我已經說過了，什麼也不躲……」

「您別忘了：我能察覺人的思想。克拉托，我很了解您過去的故事。」

「什麼？啊！噢！我忘了。這麼說，你都知道啦！你並沒有瞧不起我。謝謝你，阿米……你可別跟這兩個孩子講！」

阿米哈哈大笑，不理會我和文卡驚訝好奇的神情。

「您不想讓他們倆知道？」

「我們還是……還是……說點別的事情吧！孩子們，旅行好玩嗎？」克拉托越來越緊張了。

「啊，不行！克拉托，我好奇得很！您對我們掩藏什麼？您殺過人？搶過銀行？是通緝犯？」文卡絲毫不想改變話題。

「妳這個小姑娘在說什麼啊？我從來也不會做犯法的事情。大人的事情，小孩就不要管了。你們到外面玩耍去吧！」他裝出命令的口氣，可是說不動任何人，尤其是文卡。她跟我一樣，好奇得要命。

「您到底幹過什麼壞事？好啦，講講吧！講講吧！」

「我……沒幹過任何壞事……」

「親愛的朋友，你就對他們說明白吧！他們不會減少對你的好感，再說那也不是你的過錯。」

「可是，可是……他們不會理解的。誰也沒辦法理解……」

「您是個閉塞的老人，從來不知道外界的最新消息。」

「消息？呸！算了吧，謝謝。我可不想受罪。有這個美麗的果園，有一窖果子酒，我已經心滿意足，綽綽有餘了。」

「也許是這樣。但是，你對世界上發生的事情一無所知啊。」

「世界上每天發生的無非是衝突、戰爭、死亡、醜聞、疾病……沒什麼新鮮事。」

「是的，可是還有正在加快速度的生物進化過程，比如有個改造過程，即將使幾千名特里人變成斯瓦瑪人。」阿米緩緩說道。克拉托聽到這個消息似乎相當驚訝。

「我的老天爺啊！」

文卡問道：「克拉托，這是目前最重要的大新聞，你一點都不知道嗎？」

「你們……是在尋我開心吧？」

「我們跑了幾百萬公里，不是為了尋你開心，而是專程來看你，順便告訴你：最新科學發現斯瓦瑪和特里是同一人種；所有特里人遲早要變成斯瓦瑪人，並且在生理上發生重大變化，就像你身上的變化一樣。」

「原來你是經過改造的特里人！」文卡驚叫起來，然後興奮地說：「運氣真好！我早就想親眼看看一個經過改造的特里人是什麼模樣。」

克拉托彷出神了。他望望我們三人，不知說什麼才好。他沒料到自己「可怕的罪孽」、「巨大的恥辱」、「令人恐懼的祕密」竟然得到大家的讚賞。

「文卡，還不單單如此，妳還得天獨厚地認識了現代人改造首例——克拉托，他是這個改造過程的開創者，是依然健在的第一人。」

「太神奇了！簡直不敢相信！」文卡一面說一面輕輕撫觸契阿星球上的山居老人。

「阿米，在這之前沒有先例嗎？」我問道。

文卡搶先回答：「歷史上有三、四個例子，可是我一直以為是人們想像和迷信的產物。如今大家都知道這是真的。」

「像這類的『想像』，人們往往不願意承認……文卡，不是三、四個先例，而是三、四千個先例，只是他們之中的大多數跟克拉托一樣，不得不東躲西藏，後來選擇了新的身分，為的是不讓特里人以『叛徒』、『妖魔鬼怪』或者類似的污名迫害終身。結果這些人一直不知道改造完全是自然而然的事情。」

克拉托聽著阿米說話，沈默地望著遠方。他需要一段時間適應這個新的現實：他不再是世界上的怪物了，而是一個特例，正常的特例。他重生了，用不著再為改造的事東躲西藏。對他來說，在如此短的時間裡發生了這樣的變化真是個奇蹟。

我和阿米與文卡走上前，三人一同擁抱善良的克拉托，熱情地鼓勵他、安慰他，直到老人露出笑容為止。但是不一會兒，老人又像個嬰兒一樣啼哭起來，感染了我們，甚至連阿米也流下兩滴眼淚——後來，阿米可能因為自己感情失控而有些吃驚，只好像我們一樣笑起來。

「我們好像愛哭的老太婆。」阿米笑道，眼中仍然含著喜悅的淚水。

「既然我不再是博物館中的怪物標本，可以抬頭挺胸地返回文明世界而不會被槍斃，這件事很值得慶祝一番。朋友們，去喝一杯！嘗嘗我酒窖裡的珍品：一瓶四十二枚金獎的好酒（金牌是我頒發的），私家專屬收藏，由聖克拉托酒莊精釀而成。呵呵呵。美味至極啊！來吧！誰要是拒絕，那可是瞧不起我。」

老人已經完全恢復正常，動手打開一瓶裝有玫瑰色液體的酒瓶。

「這根本就是酒鬼的要脅……你不認為孩子們應該喝些柔和的飲料嗎？再說，既然你的痛苦已經結束了，那還有必要喝酒嗎？」

老人停住手，看看我們的表情，又看看手中的酒瓶，突然放聲笑了起來。

「哈哈哈。說得對。那咱們就用果汁乾杯，對健康有好處，就像這個美麗的小姑娘一樣甜。」

老人向廚房走去，端著一個托盤出來，上面擺著四個裝有果汁的杯子。

阿米高興地說：「好哇！克拉托，我很高興你不再喝酒了。」

「太空娃娃，我不知道你在說什麼。不再品嘗美酒？不讓我心裡快活？停止生產聖克拉托酒莊葡萄酒？你做夢也別想！咱們用果汁乾杯，是因為這裡有孩子，如此而已。乾杯吧！呵呵呵。」

阿米無奈地說道：「好吧，乾杯後咱們就上路。我不願意你們染上這個老頭的壞習慣，他天生是個怪胎。照我跟你們說過的標準，這個老頭是我認識的斯瓦瑪人裡面心靈層次比較差的一個，而且到現在他在很多方面還是比較像特里而非斯瓦瑪……」

「可是他的水準逐漸提高，而且已經丟掉討厭的……」文卡為老人辯護。

「再說，我是當代第一個從特里人改造成斯瓦瑪的先例，讓你們引以為傲。你們是幸運兒啊。呵呵呵！」

在歡樂的談笑聲中，大家為克拉托的新生活乾杯。

3 心想，事成

文卡問克拉托：「現在你的心情大大不同了，有什麼打算？回城裡去嗎？」

老人想了想後說道：「我是當代第一個被改造的特里人，而我討厭拋頭露面。在這裡我生活得很平靜，幾個月看不見一個人。你們看，我過得很幸福啊。」

我們知道實際上老人過得寂寞又無聊，可是我們什麼也沒說。

「您連特里人的巡邏隊也沒見到過嗎？」

「自從特里人的內戰結束以後，就沒有人來過這裡了。」

「克拉托，您不覺得寂寞嗎？」

「坦白說，有時會覺得孤單……哎，阿米，有沒有去彼德羅地球的機票啊？說不定那裡有漂亮老太太呢。」

我笑著說：「可是您不願意拋頭露面，那就不容易遇上啦。外星人在地球上……」

「幹嘛要人們知道我是外星人呢？我什麼都不說就是了。問題解決了。」

「您的尖耳朵、紫眼睛、玫瑰色頭髮還不夠顯眼嗎？人們會當您是怪物，一看見您這副德行不嚇跑才怪！」我笑著告訴老人。

「除非您改頭換面。」阿米提議道。這句話讓我們感到好奇，三雙眼睛直盯著這個太空兒童。

「嘿！別這麼瞧著我！我又沒殺人。我的意思是說，我們的科學技術可以改變某些生物組織的外表。但是這不意味著我們真的對……」

「我的腿要粗一些！」文卡懇求道。

「我的個子要高一些！」我跟著附和。

「我要皺紋消失！」克拉托也不落人後。

我們紛紛提出自己的要求，只見阿米仍然像往常一樣笑個不停。

「別傻了！這是一件非常慎重的事情；這項技術可不是為了滿足人們的虛榮心。」阿米說。

「那是為了什麼呢？」我問道。

「唉，我真不該提這件事。好吧，是這樣的：有時候必須讓某個出生在發達星球上的人在不發達星球駐地服務。」

文卡馬上回應道：「那麼，雖然我不是出生在發達星球，你也可以改變我的外貌，好讓我在地球上生活。我的耳朵應該變成圓形，還有……」

「妳別費事了！現在這個樣子我很喜歡。」我要文卡打消念頭。

「我想要把皺紋撫平，讓我的皮膚跟彼得羅一樣有多好！咱們立刻到飛船上去做美容手術吧。對了，手術會不會痛？」克拉托興致勃勃地問道。

「我說過了：這項技術不是用來滿足虛榮心，而是為了解決真正重要的事情。」

「阿米，讓自己看起來更年輕，難道不重要嗎？」

「不重要。克拉托，我覺得重要的是言行一致，表裡如一。真實的東西永遠是美好的，包括皺紋。」

克拉托靈機一動：「這個我知道，小夥子。就是因為我的皺紋讓我更有魅力，追求我的女人們讓我不能安安靜靜地生活。所以我寧願不要皺巴巴的老臉。呵呵呵。」

「我再說一遍：這項技術不是為了滿足虛榮心。」

「你們說我的羊皮書幫助了很多人，我難道沒有資格年輕四百歲嗎？」克拉托問道。我想起契阿的年齡比地球少二十倍，這樣一算，克拉托應該有一千四百契阿年，相當於地球上的七十歲。但是，後來我知道他實際上更年輕一些。

阿米沒有回答。他注視著遠方，雙臂交叉抱在胸前。

克拉托繼續說：「年輕三百歲成嗎？我已經不臭了……而且這幾天我一句髒話都沒說……好吧，年輕二百五十歲，總可以了吧？」

「羊皮書是以愛心為出發點，不是用來交易的。」阿米說話時並不看著我們。

「二百歲可以吧？羊皮書歸羊皮書……」克拉托厚臉皮的樣子連我都替他難為情。

「對於具有偉大心靈的人來說，努力奉獻並不需要回報，因為奉獻本身就是一件愉快的事。奉獻不是施捨，而是行使特別的權利。」

「兩天，行不行？今天我洗過耳朵了，也禱告了……」克拉托的語氣非常滑稽。這時我們才明白，他一直在開玩笑。大家不由得笑了起來。

文卡隨即又提道：「阿米，說真的，為了去地球生活，可以替我做手術嗎？」

「沒問題。不過，妳先別對去地球這件事抱太大希望。還得過妳戈羅姨父那一關。」

「你們在說什麼啊？」克拉托很疑惑。

文卡把來龍去脈說給老人聽。老人聽了十分激動。

「我去跟妳姨父談談，如果他還是這麼頑固，讓他嘗嘗這雙鐵拳。」他作勢摩拳擦掌，可是大家毫無反應。

「我姨父是個高大魁梧的特里人。」

「啊，那咱們好好勸勸他。孩子們，一定要找到和平和理解之路。呵呵呵。」

這時，我的腦海裡突然冒出一個令人興奮的點子來：「阿米，能把戈羅姨父改造成斯瓦瑪人嗎？」

「如果能改造，當然好了。可是根據我對他的了解，他距離改造的進化水準太遠。目前還是別考慮這種可能性。」

克拉托聽了，洋洋得意地說：「對特里人來說，要達到如此高尚的精神境界可不是容易的事。呵呵呵。」

文卡問道：「阿米，你真的打算說服我的姨父？不能用催眠術嗎？」

「不可能！銀河系當局嚴格禁止使用催眠術操縱他人。不允許以任何理由破壞別人的選擇自由。」

「可是，你在咱們第一次漫遊時，明明對兩個警察實施了催眠術啊！」對於我的迷惑不解，他哈哈笑了起來。

「彼德羅，那是遊戲，對他們沒有任何傷害，也不是要操控他們的心靈。不要把一切想得那麼恐怖。」

「可是，你後來又把我迷惑了一下子，讓我看不見岩石上雕刻的愛心……」

「那是為了隨後給你一個驚喜。」他開朗地笑著說。

「話是沒錯。可是後來你又迷惑了一個特里人，讓他看不見我們。」

「那是為了保護你們，沒有什麼惡意。相反地，如果催眠或者迷惑某人，讓他做不願意或者不需要做的事情，就會造成傷害，比如廣告就是如此；它以密集播放的方式刺激人們購物。在宇宙法則之前，籌畫廣告策略的人不僅不曉得要對他們所做的感到害怕，而且還常說：『上天為什麼老是懲罰我？』、『我又沒做任何壞事啊』……」

「阿米，你這是什麼意思啊？」

「意思是說，宇宙的基本法則是愛心。如果違背這項法則並且對其他人造成傷害，對我們自己並沒有好處。因為一切後果會回到我們身上來。如果這些廣告商運用他們的知識和才能去改善人性，幫助人們喚醒良心，那麼根據『回饋定律』，他們就會得到美好的結果作為回報。」

「什麼是回饋定律？」我們三人一起問道。

「這個定律和因果定律、作用與反作用定律差不多。善有善報，惡有惡報；這個定律適用於各個生存領域。」

「這麼說，羊皮書可以讓我得到某種好的回報？」克拉托興奮起來了。

「是的。這個定律是很靈驗的。但是，你別對它抱著虛榮心。」

「可是，近來我並沒有什麼好事臨頭啊。」

「你真不老實！痛苦才剛剛解脫就忘記了！」阿米以責備的神情望著克拉托。

「哎呀，的確如此！」

「要不是明白了不需要再東躲西藏的話，你可能會遺世獨立地過完下半輩子。但是有『某個原因』讓我來看你，改變了你的命運……」

「我認為你說得對，外星寶貝。可是……」

「可是什麼？」

「你知道的，我覺得孤單……」

「克拉托，你可以回城裡去啊。」

「像我這樣一個老人到城裡做什麼呢？怎麼維持生活？另外，城裡我誰也不認識，也不習慣什麼現代化設備，我會處處成為別人的障礙。再說，也是主要原因，你和這兩個孩子是我最親密的人。我非常愛你們，所以才編造出你們和我一起生活的故事。我想，再次分離我可能承受不了……」

我和文卡聽了十分感動，上前擁抱著可愛的老人。

「又是一齣感人肺腑的好戲！」阿米笑著說。

我問阿米：「乾脆讓我們三人生活在一起，難道不行嗎？」

出乎我的預料，阿米沒有笑，而是嚴肅地看看我，問道：「彼德羅，這真的是你的願望嗎？」

「當然是真的。如果讓文卡再次離開，我會心碎的。一想到克拉托孤獨一人在這個世界上無人照顧、自言自語……不，我實在無法忍受。阿米，這是我的真心願望。」

「那就勇敢提出這個要求！說得更清楚一點，那就下決心讓這個願望實現，並且堅信它一定會實現！如果你真心相信心想事成，那就能成；但是如果你心存懷疑，恐怕就……我再多說幾句：美好的願望來自你內心深處最高尚的部分，來自你心中的神。既然神讓你心中有了這個願望，表示你具有實現這個願望的能力。但是，你還需要信念、信心和決心才能確保成功。」

「我百分之百相信我們三人會去地球，永遠生活在一起！」我熱情地高聲喊道。

「我也相信！」「我也相信！」文卡和克拉托興奮地附和。

阿米十分讚許地說：「好，孩子們，說得好！現在咱們去說服戈羅姨父吧！」

「我能跟你們去嗎？」克拉托問道。

「阿米，讓他跟咱們走吧！」我和文卡徵詢阿米。

「沒問題。克拉托可以跟我們同行。」

「萬歲！呵呵呵。」

「阿米，你有什麼計畫嗎？」

「沒有。但是，我們的願望一定要實現，對嗎？」

「是的！」我們三人同時喊道。

阿米說，這是個短程旅行。事實上，去文卡所住的城市等於是去另一個大陸，但是對飛船而言，卻只是一次再簡單不過地「短程」旅行。

這是克拉托第一次坐「飛碟」漫遊，他顯得十分愜意，一路上都把鼻子貼在玻璃窗上向外張望，不願意錯過窗外的一景一物。

「呵呵呵。真痛快！可是……不會有危險嗎？我的身體相當重，這飛船外表卻只有一層薄薄的『核桃殼兒』……」

「克拉托，你說得對。這艘飛船的確很薄、很輕，因為我們用極輕的材料製造飛船，但是這艘飛船可以運載很重的東西，因為船艙內部已經解除了萬有引力。現在咱們之所以能站在甲板上，是因為船內使用了人造引力。這是可以調節的。你們看！」說著，他操縱起儀表板。

突然之間，我們的雙腳離開地面，失去了重量，輕飄飄地浮在空中。可是阿米仍然站在原處，一手抓著座椅靠背。

「這就像是在空中游泳嘛。呵呵呵。」

克拉托雙腳蹬牆，飄浮著穿過整個船艙。我和文卡也模仿起老人來。文卡輕巧地做出一連串騰跳、旋轉動作，就像在表演水上舞蹈似的。她似乎很喜歡這個遊戲。

阿米一面笑著一面觸動了一個按鈕，我們三人緩緩地落到了甲板上。

「嘿！我脖子扭斷了！你得負責給我治療，賠償我的損失！呵呵呵。」

「我可沒有粗心大意地亂按按鈕。啊，對了，你們知道嗎？粗心大意也有可能造成難以彌補的傷害。」

這句話讓我不太明白。

阿米說：「如果飛機上滿載乘客，駕駛員卻粗心大意，會造成什麼後果呢？」

我立刻明白了他的意思。

「粗心大意造成的傷害與故意害人的結果並沒有什麼不同。所以你們做事要有條理，不能掉以輕心。如果記性不好，就把該做的事情記在本子上，確保不出錯。總之，無論什麼事情都不可輕忽，因為即使是神也幫不了粗心大意的人。」

「阿米，這是什麼意思？」

「比如，你住在一個小偷猖獗的社區，可是出門忘了鎖門，那會有什麼後果呢？」

「明白了。」

「孩子們，粗心大意會壞了大事的。」

「太空娃娃，那你駕駛飛船時可別粗心大意。」

「克拉托，放心吧。藉由超級電腦的控制，飛船可以自動導航，確保不會發生事故。」

「可是經常注意導航儀更好，對吧？不可粗心大意，因為那會犯下錯誤。呵呵呵。」

兩分鐘後，我們已經隱身在文卡住的城市上空——事實上是文卡家的上空。透過監視器的螢幕，我們看到文卡家的內部：一個外表醜陋的特里人——特里男人都是如此——懶洋洋地坐在扶手椅上看報。這隻動物……這位先生穿得整整齊齊，無可挑剔。雖然頭上和手上長著綠色長毛，但是梳理得油光發亮；爪子般的手指也乾乾淨淨。一位斯瓦瑪太太坐在他對面打毛線。

「那是我姨父和姨媽。嘿，姨父！姨媽！我在這裡呀！」

「文卡，他們是聽不見的。幸虧如此，要是讓他們知道妳在飛船上，那可麻煩了。」

「他們總會知道的。這是沒有辦法的事。」我輕輕地說。

阿米同意我的看法。

「咱們來擬一個說服戈羅的計畫：說服他需要好幾天……也許要幾個星期。」

「這麼久！」

「如果情況不妙，或許要幾個月……甚至幾年。」

我們驚訝得張大了嘴。

「別擺出這麼一副嚇人的樣子來！我說過面對難題時要樂觀一些，可是我自己給忘記了。不過也不能不切實際。眼前這個特里人鐵石心腸，可是我們應該設身處地替他想想：把一個小姑娘交給外星人，去另外一個星球上生活……這可不簡單！明白嗎？」

的確，我們稍稍想了一下，便明白其中的道理了。我們都十分洩氣。

「可是，咱們也不要失去信心。總而言之，今天晚上你們都在自己家過夜，明天我再來找你們。無論需要多少時間，都要說服戈羅。現在，文卡先單獨去找姨媽談談，讓她逐漸有心理準備，不過第一天不要操之過急。我們會從監視器裡觀察事態的發展。」

「說得簡單！他們如果知道我想坐太空船離開這裡，到另外一個星球去，一定會說我胡說八道，異想天開！」

「如果妳姨媽實際看到飛船，就不會這麼說了。」阿米對文卡露出鼓勵的微笑。

「阿米，你能讓姨媽看見這艘飛船？」

「如果必要而且得到當局允許的話，當然可以。不過不是今天。」

「不是今天嗎？為什麼要拖下去？」文卡顯得不耐煩了。

「文卡，事情要慢慢來，不能急於一時。」

「阿米，我認為沒有什麼問題，用不著擔心，因為姨媽漸漸相信我所說的故事了。我的前兩本書是我口述，再由姨媽寫下來的。起初，她不肯相信，如今態度沒那麼強硬了。」

「她相信妳說的一切都是真的？」我問文卡。

「還不完全相信。但是相信契阿之外可能有高度智慧的生命。對付姨媽比較容易。可是對付姨父，那就……」

「說不定咱們走運，很快就會解決一切問題。或許今晚文卡的行李就會到我家，我們正好有多的房間……」我充滿希望地說。

「彼德羅，樂觀一些是好的。但是，愛幻想可不好。」

「阿米，兩者有什麼區別？界線在哪裡？」

「事實上，所有事情都有可能實現……」

「你是說任何事情嗎？」文卡懷疑地問道。

「當然不包括荒唐和愚蠢的事情。比如某人想當演說家，可是語無倫次；又比如某人心懷仇恨、猜疑和嫉妒，還指望宇宙兄弟讓他登上飛船，那是不可能的。只要在正常的範圍內，一切理想都可能實現，但是要遵循必要的程序。」

「太空娃娃，你再說清楚些。」

「這就如同一粒種子要長成大樹，需要時間、土壤和培育等程序的配合；同樣地，任何計畫、理想和願望都必須經過時間和努力構成的程序，才有可能實現。」

「就像釀造葡萄酒一樣，絕對不是一日之功。」克拉托加上一句。

我急著想知道這天晚上文卡能不能回到我身邊。阿米捕捉到了我的思想，繼續深入談這個話題。

「悲觀的態度是不可取的，因為所有希望都可能成真；但是，胡思亂想也不應該，因為這種人不懂得區別妄想和理想，或是沒有考慮達成某事必須的程序和時間。我說過我分析過戈羅的心理，結果顯示他不可能被說服。所以咱們是在作一個違背邏輯的嘗試。彼德羅，這不是幾個小時可以辦到的事情。但咱們也別否定此事，應該對結果充滿信心，千萬不要急躁。無論如何，今天晚上你得一個人回家去。奶奶在等著你呢。」

「彼德羅，你有奶奶？」克拉托很感興趣地問道。

「是的。」

「她目前是……離婚還是守寡？」

「別這樣，我奶奶是個虔誠的教徒。克拉托，我爺爺脾氣很不好。」我撒了謊，因為爺爺很早就過世了。

「彼德羅，不要撒謊！」阿米揭穿了我。

「啊，原來你沒有爺爺了……那你可以叫我『爺爺』，彼德羅。」

他們都笑了。可是這個話題讓我覺得很無趣。

阿米把飛船「定位」在文卡家院子角落的上空，那裡長滿了高大的野草。文卡準備從那裡降落。她告訴阿米，隔天早晨就在同一個地方等我們。

告別時，我們有點傷感，彷彿要送文卡上戰場似的。此情此景又像往常一樣讓阿米開心地笑起來。但是，這一次阿米或許太樂觀了；因為文卡面臨一場艱困的「聖戰」。我們心想重逢絕非易事。

文卡下了飛船，朝屋子裡走去。我們從螢幕上密切注意著。

「姨父，姨媽，你們好！」文卡分別親吻了他們的面頰。

「幹嗎要親吻這個怪物呢！」我不高興地說。

「別說話！注意聽！」阿米說。

「姨媽，您相信有外星人嗎？」

阿米皺眉道：「為什麼不先來個開場白呢！這孩子太衝動了！而且，我吩咐過她要私下跟姨媽談。真是粗心大意！」

姨媽有些驚慌地說：「不，我不相信。」她向文卡使眼色，叫她別說話，一面指指戈羅。這位特里姨父埋頭於報紙中，但是他聽到了妻子和外甥女的對話，便說道：「別胡思亂想！這孩子長大以後會腦筋不正常的。千萬可別給我丟人現眼！」

文卡說：「姨父，如果我真的發了瘋，那您肯讓我離家出去生活嗎？」

姨父似乎嚇了一跳，把報紙扔得老遠，盯著文卡看了好一會兒，然後用威脅的口氣問道：「妳……想對我……說什麼……?!」

可憐的文卡嚇得臉色發白，但是她很快靈機一動：「既然你們把我看成瘋子，說我讓你們丟臉，那我最好馬上離開，永遠不要回家！」她邊說邊裝出要哭的樣子。這下子打動了姨父。他趕忙起身走到文卡身邊，輕撫著她的頭。

「文卡，原諒我。妳說得對，我對妳是太嚴厲了。今後我會特別注意，不會再讓妳有離家出走的念頭……」

「可惡！情況更糟了！」我十分氣惱。

「這事不好辦，很不好辦……」克拉托摸摸鬍鬚評論道。

「振作起來，孩子們，振作起來！」

文卡抬頭向上看，知道我們正觀察著她的一舉一動，於是露出詢問的樣子。看到她天真的神情，我們雖然緊張，還是不由得笑了出來。接著，她想出了新戰術，轉頭對戈羅姨父說：「即使我相信在別的星球有生命的存在，您也不生氣嗎？」

我心裡想：文卡，問得好！

「孩子……好啦，好啦，妳對這個話題太著迷了。」姨父極力表現出和藹的樣子。

文卡站起來，以挑戰的眼神盯著姨父，一個字一個字清楚地說道：「我、看、到、了、飛、船！」

「孩子，那只是幻覺或夢境，不然就是大氣現象。」

「啊，是嗎？那我們去看看馬上要出現的飛船是不是幻覺！走吧！到院子裡去！您親眼看看那是不是幻覺！」她一面喊著一面走出屋子。

文卡這個舉動嚇壞了阿米，他急得拼命拉自己的頭髮。

「糟糕！不能這麼做！都是我的錯，我剛剛交代得不夠清楚。這下慘啦！」

「阿米，這樣才好！現在就讓飛船露面，事情就了結啦！」我說。

「什麼？真的讓飛船露面，會把姨父嚇死的，不嚇死也嚇成瘋子。這可不行。再說，飛船是否現身需要經過當局批准；如果場面失控，太空當局是不會批准露面的。文卡本來應該慢慢進行，私下解決，這話我跟她說過……」

「阿米，她是情急生智，難免急躁了些。」我十分了解我的知心女友。

「確實太急躁啦！文卡真不聽話！但是錯在我身上；我忽略了眼前是些缺乏克制力的人們……噓！注意聽！」

戈羅非常焦慮地對妻子說道：「文卡的情況很糟。應該帶她去看心理醫生。這是得了瘋病啦！」

「來！來！到院子裡來！讓你們親眼瞧瞧：我和太空人確實有來往；如果我願意，飛船就會出現。你們來看看我是不是瘋了！來啊！」

「哎呀，可憐的孩子……」姨媽聽見文卡這番話，忍不住掏出手帕擦拭眼淚。

老實說，我那可憐的愛人的確很瘋狂，她這副樣子讓我很難過。一想到她這麼做是為了我們的愛情，我感到自己也有過錯。姨父和姨媽確信文卡是瘋子，根本不想走到院子外面看一眼。

文卡失去了理智，迷茫地望著天空，不住地說：「阿米，快來呀！快快露面吧！讓那些懷疑的人看看你的太空飛船！」

阿米拿起一個我從前看過的麥克風，它能夠把聲音直接傳送到指定地點。

「文卡！」他的聲音在女孩耳畔響了起來。

「什麼?!你們快來看啊!阿米躲在空中跟我講話呢。」

「哎呀,可憐的孩子!」

「真不害臊!也不知道臉紅!你沒把她教育好,害她走上邪路了。」戈羅說。

「戈羅,這不是我的錯。我還是小姑娘的時候,姐姐就在戰爭中去世了。沒人教我怎樣教養小孩啊!」

「文卡,冷靜,冷靜!」阿米對文卡耳提面命。

「阿米,你在哪裡啊?」

「文卡,小聲點!冷靜一下好嗎?我是從飛船上用定向麥克風跟妳說話。現在還不能讓戈羅看見飛船。」

「噢,對喔,只能讓姨媽看見……姨媽!快來呀!」

「噢,不!不!」阿米焦急地喊道:「請妳先跟姨媽談談,讓姨媽心裡有個底。我不能讓姨媽毫無準備地看到飛船。」

姨媽說:「我去看看她怎麼了。可憐的孩子。都是那些書誤導的!」

「對,是那些書搞的。妳快把她拉進屋裡來!我去打電話給心理醫生。讓她安靜下來，免得鄰居們笑話。」

姨媽來到院子，把文卡擁抱在懷裡。小姑娘仍然直勾勾地望著天空。

「好啦，利用這個機會，讓飛船露面吧！」我請求阿米。

阿米拿起遙控器說道：「首先我得查一查，克羅卡姨媽是不是能承受飛船突然出現的景象。你們等一等。」

在一面螢幕上出現了姨媽頭部的放大影像，接著是腦顱內部的透視圖；上面有許多閃爍的亮點，好像五彩繽紛的小燈泡。阿米注視著另外一個出現奇怪符號的螢幕。大家聽到「嗶」的一聲……

「好極了！在安全界線內；看見飛船不會嚇壞她。咱們已經得到授權。好，現在咱們給可憐的克羅卡姨媽來個『近距離接觸』。」

飛船露面了，高度逐漸下降，開始在姨媽和文卡周圍盤旋。

「姨媽！快看上面！」文卡興奮極了。

姨媽並沒有理睬她。但是，突然之間一道耀眼的光芒照亮整個院子。姨媽反射性地仰望天空，隨即目瞪口呆……

「可以了。」阿米說道。我們又進入隱形狀態。飛船在姨媽眼前現身的時間是十五秒鐘。

「時間太長對姨媽沒有好處。」阿米解釋說。

「姨媽，看見沒有？那就是我的外星朋友的飛船。」

戈羅正要打電話給心理醫生的時候，看到院子裡出現一道巨大的閃光，連忙跑出屋外。他順著妻子張口結舌的表情抬頭望去，卻只

看到一片蔚藍的天空。

儘管姨媽驚嚇得似乎要暈過去，我仍然很高興事情有所進展。戈羅發現妻子不對勁，連忙把二人拉進屋裡。他看起來很著急。

戈羅一面把妻子扶到椅子上坐下，一面不停地問道：「克羅卡，妳怎麼啦？看見什麼了？」

「當然是外星朋友的飛船啦！」文卡高興地說。

「是、是、是真的。有一艘……太空飛船……戈羅，文卡沒瘋……」

「幻、幻覺，克羅卡，那一定是幻覺。我剛剛看到外面有一道強光。那是什麼？不過，沒看見天空中出現什麼奇怪的東西呀？」

「姨父，現在不能讓你看見，因為你沒有心理準備，所以你一走出去，外星朋友就讓飛船隱形了。這是為了保護你，免得你發瘋或者嚇死。」

戈羅頹然跌坐在沙發上。他閉上眼睛，雙手揉著太陽穴，開始苦苦思索。

「真是不可思議……這一切應該有個合乎邏輯的解釋。克羅卡，妳確定真的看見什麼啦？」

「真的，戈羅。絕對不是什麼幻覺。」

「也許是隕石，流星什麼的……」

「隕石和流星可能是銀白色金屬製造的嗎？」克羅卡反問道。

「那有可能是飛機……」

「飛機可能是圓形的嗎？」

「不然就是一個星球，或是一顆星星……」

「星星可能在房子上空盤旋嗎？能發出五彩繽紛的光芒嗎？下端會有記號嗎？」

「記號？什麼樣的記號？」

「跟我書裡出現的記號一樣，姨父，就是一顆長翅膀的心。這都是真的。我真的曾經坐著阿米的飛船去別的星球漫遊。」

克拉托、阿米和我一起快樂地聽著下面的對話。

「對了，姨父，現在他們正透過螢幕看著我們，聽著我們說話呢。」

「『他們』？可是妳的書裡只提過一個人啊，就是那個鼎鼎大名的阿米。」

「目前飛船上還有克拉托，他是當代第一個改造成斯瓦瑪人的特里人；不過沒有人知道這件事情，因為他隱居在山裡。彼德羅也在飛船上。他來自地球，那是跟契阿很像的星球。他是我的心靈知己……我們倆是各自星球的使者，為愛心之神效力……」

特里人戈羅一聽見這荒誕的說法，什麼太空飛船、外星人、心靈知己、使者、愛心之神，不停地拉扯鬢邊的綠色毛髮。

「文卡，請妳告訴我：妳說的這些和妳在書上寫的都是想像出來的吧，對不對？現實生活可不是像童話故事那樣荒誕離奇的。說吧，是不是這麼回事？妳要是不承認，我腦袋可要爆炸了。我活了這麼大歲數肯定不會搞錯；我和科學家一樣認真而理性。難道我們都錯了？」

「是的，戈羅，幾千年來，人們都搞錯了。」阿米透過麥克風說道，讓那個特里人嚇了一大跳。

「誰在說話?!」

「姨父，是阿米。他的飛船上有麥克風，可以把聲音傳送到任何地方。」

「她還沒提到阿米能用任何語言講話呢。」看到姨父不敢置信的樣子，我很開心。

克羅卡姨媽擅抖著聲音說道：「我好害怕……一定是幽靈或是妖怪吧……」

「姨媽，用不著害怕。阿米人很好。他就像我書裡寫的那樣真誠善良。」

戈羅這時似乎得到了什麼結論。

「誰知道呢？看來有某種我們不了解的新科技，不過，什麼『有外星人』的想法就太荒謬了……或許真有可能是從別的星球……啊，不知道……我們還不確定他們的企圖，說不定只是在利用妳。我想還是去叫ＰＰ。這可能會對契阿構成威脅。」

「阿米，ＰＰ是什麼？」我問阿米。

「是祕密警察。他們是一群壞傢伙！」克拉托搶著回答了我的問題。

「沒錯。壞傢伙！」我附和道。

「每個人持續投注心力的事，就像是一張能反映自己靈魂品質的照片。」阿米解釋道：「即使是祕密警察之中，仍然有好人。」

文卡反問姨父：「愛心難道對契阿是威脅嗎？」

「世界上也會有披著兔克的丘克嘛。」戈羅說。

「他的意思是『披著羊皮的狼』吧？」

阿米笑了起來。

「是的，彼德羅。你看看這懷疑的態度是多麼普遍，而且總是用同樣的形象做比喻。看見特里人的心態了吧？當他們終於能接受更高層次的事實，也得把這個事實再降低到自己的水平。戈羅半信半疑地接受其他星球上也有生命的事實，卻又認定外星人是邪惡的……如果他知道宇宙中還有其他美好的生存空間，和美麗的生命心靈，那麼他……」

「姨父，也有真正的兔克，不偽裝的兔克。」

「那就再好不過啦！但這是不可能的！」

阿米通過麥克風說道：「是啊，不可能。宇宙中的一切都必須和契阿的程度相當才行。不可能存在高級的事物，自然也不可能有其他高級的人類。在宇宙的幾億顆星球之中，最高級的就是契阿啦！契阿是宇宙生命進化的巔峰！對不對，戈羅？」

文卡、克拉托和我都笑了起來。聽到阿米嘲笑他思想狹隘的這一番話，戈羅不知如何是好。

「我不知道。我不跟不敢露面的人說話，如果他真的有張臉的話……天知道！我得想一想。我頭好痛。上床睡覺吧！」

「姨父，可是太陽還沒下山……」

「好吧，那妳們待在這裡，我先上床去，讀讀妳的書，多知道一些事情。」

「姨父，你還沒有看過我的書？」

「我看正經的書，不看兒童讀……好啦好啦，明天見吧！告訴妳的『朋友們』：別用那個隱蔽的鏡頭偷窺！要尊重別人的隱私！」

文卡笑了。她望著天空說道：「朋友們，聽見姨父的話沒有？」

阿米再次拿起麥克風說道：「戈羅，明天見！試著接受這個想法吧：不是任何事情都像你想的那麼可怕。今天的事情不要跟任何人說！免得滋生事端。同意嗎？」

「好吧。」戈羅不高興地哼了一聲，一頭鑽進臥室，把門用力一摔。

「情況比預料中好，一次會面就前進了一大步。可是還不能太樂觀，因為特里人的心靈受世界暴君的影響太大。」阿米說著關上了螢幕。

「外星娃娃，這是什麼意思？」克拉托問道。

阿米向克拉托解釋世界暴君的原由，一邊重新播放那段影像。我趕緊別過頭去。

「嘿，謝謝，夠了。我想看看別的人物。」

那個手持金劍的青年出現了，但他的頭髮是玫瑰色的，眼睛是紫色的，耳朵的形狀像斯瓦瑪人一樣……

「對！這才是我們的好戰士呢！劈死暴君！呵呵呵。」

阿米解釋說：「這些典型代表的形象會根據人們的想像而有不同。」

我問阿米，特里人的心靈是不是也受這個青年影響。

「是的，接受好的影響以後，就逐漸擺脫了特里心態。但是，或遲或早，所有的特里人都會擺脫特里心態，最終勝利的是愛心，明白為什麼嗎？」

「不明白。」

「因為愛心就是神。」

克拉托變得嚴肅起來。他說：「阿米，你說得對。我有過這種體驗。於是我才寫了羊皮書，擺脫特里人的心態。」

阿米問克拉托：「你有經歷過自己的特里人心態被神顯露出來的事，對嗎？」

「我那特里人的心態跟戈羅一樣。」

阿米說：「看見了吧？神不會歧視迷途的羔羊。」

「什麼？」老人問道。

「迷途的兔克。」

「啊，阿米，我也不歧視迷途的兔克。」

「克拉托，你不歧視任何人嗎？」

「只要在我山裡迷路的兔克，一讓我逮著，我就用辣醬燒兔克吃。噢，香極了！呵呵呵。啊，我餓了。咱們回家吧！」

就在我們大笑的同時，阿米開始操控飛船。

「克拉托，我想帶你看看地球，讓你仔細想想是不是真的有興趣生活在地球上。」

「妙極了！那就直接飛往地球吧！外星娃娃。可是……請飛得快一些……除非你這裡有……我不知道你們是不是用那種東西……」

「克拉托，什麼東西？」我問道。

「洗手間。」阿米笑著說，因為他捕捉到老人的想法。

「說真的，我從來不知道。阿米，你使用洗手間嗎？」我的好奇心被挑了起來。

他笑著說道：「你別以為我會跑到大樹旁邊辦事。」

「這麼說你也……」

「你想說什麼？我現在還不能像其他高水平星球上的人們那樣，僅僅依靠愛心、陽光和氧氣提供養分。克拉托，後艙左邊第二扇門就是洗手間。」

「我得趕緊去一趟。」斯瓦瑪老人說著向洗手間跑去。

沒多久老人回來了。他說：「嘿，那不是洗手間。裡面空洞洞什麼也沒有。」

「哦，我忘了解釋。只要走進去把門關好就行了。」

「鄉下人是鄉下人，但我可不髒。我不能把地板弄得濕答答的。那裡怎麼連個破排水口也沒有啊！」

「克拉托，不對，不對。你只要進去，什麼都不必做……」阿米笑得前仰後合。

「可是我就是要『辦事』啊！要不然進去幹什麼？」

阿米努力克制笑意，以便說個明白。

「你進洗手間，關上門，什麼都不用做。過一會兒就沒有想上廁所的感覺了。」

「啊，那是個可以讓生理要求消失的地方……可是有時候總要『做』點什麼吧。我不明白。不行，撐不住，我失陪了。」

很快我們就聽到他從洗手間裡傳來的叫聲。

「啊，真舒服！嘿！孩子們，這太神奇了！」

「阿米，這是怎麼回事？」

「是這樣的。一走進去，洗手間內部就會自動釋放出可以消除皮膚和內臟裡多餘物質的射線。這些放射線能識別哪些病菌對某個生物體或生態系統有害，然後根據實際情況消滅或者停止其活動。這個型號的『洗手間』比我前一艘飛船先進，還可以當消毒室。如果有人要在某地降落，可以事先消毒，免得他的病菌對生態環境造成危害。」

我回想起在前幾次漫遊中，不能真正在文明發達的星球上登陸，只能透過窗戶或者螢幕觀察，就是因為我身上的病菌可能給別的星球添麻煩。

「也就是說，乘坐這艘飛船，我就可以在文明發達的星球上登陸了！」

「是的。只要先進消毒室就可以。」

「真不可思議！也就是說，你們不用衛生紙什麼的……」

「當然，什麼都不用。對我們來說，那是史前時代的事情了。」

「那洗手、洗澡呢？」

「也一樣。在那裡可以清除身體、頭髮和衣服上的穢物。」

「穿著衣服洗澡！」

「當然。」

「這麼說，你們從來都不脫衣服啦？」

「看看你，又犯了心理極端的毛病。即使衣服乾淨，也要經常更換；另外，讓皮膚曬曬太陽，赤腳走在草地上，脫光衣服下水游泳等等，都是好事。」阿米笑了。

「也脫光衣服做……？」

「做愛。」阿米已經領會到我的想法了。

「你真不害臊！」我輕輕捏他的臉蛋。

「這是個我們從小就不斷學習了解的課題，彼德羅。我們非常重視這個問題，沒有任何邪念。我們認為，性愛是一種神聖的力量，除了繁衍生命，它也是讓相愛的二人互動交流、取悅彼此、振奮精神、激勵創造的力量，所以我們非常敬重這股力量。我們認為這是我們給愛人最高尚的愛情禮物；也因為如此，我們不能玷污和貶低性愛的價值。」阿米臉不紅氣不喘地解釋。

「我感覺煥然一新啦！進去以後，我全身就一乾二淨。衣服有一股清新的氣味，頭髮也不再亂蓬蓬的了。阿米，這簡直是魔法啊！」

「克拉托，這不過是一種高科技。」

我也想去體驗一下那個科技發明——按照老人的說法：是魔法。

我半開玩笑地說：「如果我家裡也有這種洗手間，我一定很喜歡洗澡。一點不浪費時間，水不會太冷或太熱，洗髮精和肥皂水不會流進眼睛裡，不會滑倒，不會弄濕，不會磨損毛巾……我希望地球也和奧菲爾一樣！」

「彼德羅，這要努力才能獲得。學習讓愛帶領你的內外身心，使痛苦和欺騙的黑影消散；這樣暴君的力量就削弱了，慢慢失去興風作浪的機會。到了那個時候，我們外星人自然會提供全面、公開的援助。朋友們，咱們到達地球上空了。」

「彼德羅，你們的星球很漂亮。」

「克拉托，可是我們在破壞它。」

「跟他們破壞契阿一樣。」這位前特里老人說。

「『他們』？」阿米追問道。

「他們就是特里人。我沒有破壞。我在山裡沒做任何壞事。」

「可是，你也沒做什麼好事。你什麼都不參與，好像統統與你無關似的。假如沒有人出來做好事，整個國家就會充滿無窮無盡的冷漠……」

「阿米，我沒辦法做什麼。我不可能出去殺特里人。如果說到教育別人，那我已經完成任務了，因為我寫了羊皮書。現在我有權利安靜地生活。呵呵呵。這裡有沒有吃的東西啊？肚子裡鬧空城計啦。」

「你真狡猾，聽到對你不利的就想改變話題。克拉托，我可不會中了你的圈套。」

「你說什麼？太空娃娃，我可真的是饑腸轆轆啦。」

老傢伙繼續裝傻。

「永遠不應該停止為別人服務，這也是真的。好事才做沒多久就說：『好了，我不想玩了』，那是不行的。真正與神同心的人，是不會覺得自己『過度奉獻』的。」

「阿米，為什麼？」

「因為他對人充滿熱愛。所以，在高級發達的星球上，沒有人『退休養老』，不存在『罷工問題』；面對自己的工作或是為社會服務的任務，沒有人東躲西閃。」

「此話當真？」

「當然！但是，宇宙當局會讓人人各盡其能，做自己最喜歡而擅長的事情。」

「啊，原來是這樣。地球上可沒有這麼多考量，人人只能各憑本事找工作。」

「那就浪費了很多人的天賦。這裡有許多事情需要改善。對我來說，努力工作的本身就是最好的獎賞；除此之外，因為工作得到的滿足更讓我樂意一直做下去。我從來沒有見異思遷的想法。為他人服務就是我的理想和天堂。」

阿米這一席話讓我受到震撼。的確，我是寫了兩本書；可是我也浪費了很多時間在遊戲機房裡，或是上網閒晃、玩電腦遊戲。不然就是在電視機前一泡好幾個小時。

阿米笑了起來，讓我鬆了一口氣。

「也不是說你這些想法都不對，用不著自責。為愛心效力的願望是逐漸成長起來的。我過去也跟你一樣；你將來就會像我一樣。所有的事都應該在和諧中水到渠成。如果你心中還沒產生奉獻的願望，那就不要勉強，因為奉獻是不能強迫的；不能由外人強加，也不能自己強加給自己。在與愛心有關的事業裡，一切都不能強制執行，而是自由去做；如果不自由，那就不是愛心。」

「肚子咕咕叫的時候，也就沒有什麼愛心了。呵呵呵。」老人真的餓了。

「彼德羅，給克拉托拿些『核桃』來！」

阿米指的是一種外表像核桃的外星食物，吃起來是甜的；第一次漫遊時他讓我吃過，我很喜歡。

「這能吃嗎？」

「當然，你嘗一個。」

「嗯……呸！沒有辣味，真噁心！我們送這孩子回家吧！也許他奶奶會可憐可憐我的空肚子呢。」

「你不能下去，克拉托。如果讓地球人發現你這麼一個太空人，那可不妙。」

「你們是太空人，我可不是——嗨呀，對，在這裡我也是太空人！那咱們就先讓這孩子回家，然後咱們回契阿。我家裡還有一隻辣醬鵪鶉呢。我聽見它在哀嚎說：『克拉托，快來呀，求求你，快點把我吃掉吧！』呵呵呵。」

飛船經過海濱浴場上空。天上掛滿了星星。

克拉托開玩笑說：「彼德羅，如果你願意的話，可以帶我回家介紹給你奶奶。」

「別做夢了。你會把她也送進辣醬鍋裡去。」
「為什麼?她的肌膚鮮嫩欲滴嗎?呵呵呵。」
「彼德羅,明天早晨在樹林裡等我。」我準備離開飛船時,阿米說道。
這是我第一次降落到地球上而心中不感到難過。這一次無論與文卡、阿米還是克拉托,都不會分別太久;不過是一個晚上的時間。當然,事情不見得會這麼簡單順利——幸好那時我還不知道往後情況會變得很棘手。
阿米讓我在海灘的那塊岩石上降落。我站在那顆長了翅膀的心的正中央,向天上望去;除了滿天的星斗之外,什麼也沒看到。

4 心理醫生的診療室

奶奶在客廳裡一面練習瑜珈，一面等著我。

「彼德羅，你今天回來不再苦著臉了，跟早晨出門的時候一樣神采奕奕！見到阿米和文卡了嗎？」奶奶問我。

我要不是瘋了，就是病了，再不然就是不舒服……奶奶嚇了我好大一跳，讓我一時沒法回答她老人家，只是把眼睛瞪得大大地望著她……

「孩子，你知道嗎？我想你書上說的那一切都是真的。今天早晨我在院子裡曬衣服的時候，看見有一艘銀白色圓形飛船從天上經過，越飛越高，後來就看不見了。飛船下端畫著一顆長翅膀的心。這讓我想起什麼，於是就讀起你的書，想從書裡找線索。另外，我在吃維他命的時候，終於回想起那天你特地帶給我的非常可口的外星核桃。現在你總算開心起來了，不像以前進門總是愁眉苦臉的——因為阿米沒來嘛，對不對？沒錯，我相信你真的跟阿米和文卡小姐在一起。」

奶奶這番話說得我目瞪口呆。一方面嚇了我一跳，另一方面也讓我感到開心——地球上終於有人可以和我分享祕密了。如果這個人就是我奶奶，是地球上我最愛的人，那真是再完美不過。

「奶奶，您說的是真心話？」

「是的，孩子。」奶奶的目光十分慈祥真誠。

「您不打算告訴別人？」

「虧你想得出來！當然不能說！人們不會相信這個神奇的故事，他們會以為你胡說八道呢。」

「如果我告訴您，我當時就在您看見的那艘飛船上，您會相信嗎？」

「相信，彼德羅。其實在看見那艘飛船時，我還閃過這個念頭呢。因為你出門時很高興。」

「您不怕外星人嗎？」我越來越興奮了。

「不怕。因為宇宙的主要力量是愛心，所以我想那些人既然能駕駛那麼神奇和先進的飛船——那是我親眼看見的啊——在通往愛心的道路上，肯定比我們進化得多；因此，他們一定更善良親切，更有愛心。」

我緊緊地摟住奶奶，頭靠在她肩膀上，忍不住哭了起來，心中充滿幸福的喜悅。

「彼德羅，我只求你一件事，幫我一個大忙。」

「奶奶，只要我能辦到的，您儘管說吧。」

「阿米下回再來的時候，讓我見見他。」

「明天您就可以見到他啦！」我再次擁抱奶奶。

「明天？他不是一年後才回來嗎？」奶奶疑惑地問道。

能公開和奶奶談這些事情實在太棒了。我慢慢說明最近發生的事情，奶奶聽了很為我和文卡的事而高興，但是也為戈羅可能會不允許文卡離開家庭而擔憂；儘管她嘴裡說：要有信心，一切都會解決的。

我從來沒像那天晚上睡得如此香甜；第一個原因是，奶奶成了我的「知音」；另一個更重要的原因是，我最大的夢想就要實現了：與文卡永遠不再分離。

第二天，奶奶像我一樣興奮，她非要跟著我去樹林裡見阿米不可。我告訴奶奶：

我得先問問阿米。她表示同意。

我依約來到樹林裡。這一次不必經過漫長的等待，很快我就看見頭頂上方籠罩著黃色光柱。我讓光柱把我提升到飛船裡。阿米和克拉托笑著上前招呼我。

「文卡呢？」我問他們。

「文卡住的城市比起克拉托的家晚天亮，所以我先去接克拉托。現在這個時間她應該起床了。咱們馬上回契阿，看看那裡有什麼新聞。」

「幾百萬公里的距離，一轉眼就到了，好像走到大街上一樣容易……阿米，這飛船真是妙極了！」

「即使是哥倫布發現他那著名的新大陸之旅，在今天只要短短幾個小時就可以完成，也會大吃一驚的；雖然你們使用的『大鳥』飛得緩慢，燃料不能再生，噪音又大得可怕。好啦，走吧！朋友們。」

「阿米，我得先請求你一件事。」

「我剛剛收到了你腦波傳來的訊息。關於咱們的事情，你奶奶已經都知道了。她希望能夠認識我。我很高興，這樣事情就會容易多了。當然，我很樂意認識她老人家。」

這番話讓我高興得跳了起來。

「彼德羅，我跟你去見奶奶，咱們走吧！」

「對，咱們走吧！」克拉托不等我們邀請，自告奮勇地說。

阿米立刻警告他：「你快打消這個念頭吧！要是人家看見你這副嘴臉，馬上會逮捕你，嚴加調查你的一切，包括你那尖尖的耳朵和紫色的頭髮。」

「好啊，讓他們好好欣賞一下我這個美男子吧！呵呵呵。」

「他們還會用手術刀檢查你的內臟。」

「……我想我的腳丫子這會兒有點疼，我在這裡等著你們吧。呵呵呵。彼德羅，替我轉達我對你奶奶的問候啊！」

「那你就留下吧。所有的控制儀器都鎖上了，免得你幹蠢事，一口氣跑上仙女座去。」阿米笑著說道。

「能不能給我打開一台電視機啊？我想看看地球上的體育節目。」

「克拉托，你喜歡哪一類體育活動？」

「類似『羅克—托克』那種玩意兒。」

「彼德羅，他的意思是說類似『網豬仔』的遊戲。『羅克』是契阿上的一種小動物，長得像犰狳，但是跑得飛快；『托克』是網子。」阿米為我解釋道。

「這種比賽怎麼玩，克拉托？」我問老人。

「每個玩的人拿一根前端有片網子的棍子。放出羅克以後，要用網把牠兜住。但是不能帶著羅克跑超過三步，不然就要把羅克從空中傳給同伴，同時要小心別讓對方把羅克搶走。好不容易跑到『球』門前，射門，得分！帥呆了！」

「假如你的同伴沒接住羅克，讓它掉到地上，怎麼辦？」

「那羅克會飛快逃跑，而且沒接住的那一方失分，因為要抓住牠可不容易。」

「可憐的羅克掉到地上會受傷的。」

「不會，不會，因為羅克一飛到空中和落地時會變得像顆鐵球一樣硬，著地之後就會快閃。呵呵呵。我曾經是『烏特納猛獸隊』的明星，大家叫我『危險羅克』。」

「為什麼？」

「因為扔出羅克時我經常『失手』，讓那長腿的硬鐵球撞到對方當家球員的腦袋上，逼他受傷退出。呵呵呵。」

「你這種玩法太沒有格調了！」

「這不是我的錯！誰叫他們用腦袋攔住我羅克的去路呢？呵呵呵！」

「我說過：他是契阿上精神素質最差的斯瓦瑪人，」阿米說著開啟螢幕：「不過，你別太相信他那些信口胡謅的話。好，畫面上看到的這個叫足球，是地球上很普遍的一種體育競賽；玩的時候只能用雙腳和頭部碰球。」

「嘿，他們怎麼用腳去踢那個可憐的羅克呢！」

「那不是羅克，是足球。遊戲規則是不可以用手碰觸；藍隊進攻靠近白隊的球門，白隊進攻靠近藍隊的球門。」

看起來，克拉托不需要更多的說明。他已經完全投入到比賽中了。

「衝啊！白隊！他們的球衣跟我的烏特納猛獸隊很像。宰了他們！阿米，那個白隊是哪裡來的？」

「是羅馬尼亞布加勒斯的『拉比特』隊。」

「你就在球門前了……快使勁踢啊！就是這樣！欸！竟然沒得分！球飛進球門，卻被一個不是藍隊的傢伙用手抓住球……」

「那是藍隊的守門員。克拉托，只有他可以用手拿球。你慢慢就明白了。按下這個鍵，你可以看到其他頻道。回頭見。回頭見！」

「回頭見。這速度真快啊！那個藍隊的像用飛的一樣！呵呵呵。怎麼回事？那個黑衣拿紅牌的傢伙是誰？他為什麼惡狠狠地盯著那個猛衝的白隊球員？」

「那是裁判員，相當於管理比賽秩序的警察；那張紅牌的意思是要把那個隊員罰出場外，因為足球比賽不允許踢人。」

「嘿！可是根本沒有碰著他啊！阿米，那個藍隊的在裝蒜，他趴在地上痛苦的樣子是裝給裁判看的。裁判被收買了。嘿，你收了多少錢？」

「我看如果克拉托來我們地球，他會很快適應地球人的某些習慣。」我和阿米一面降落，我一面笑著評論道。

「按照他過去的歷史，那些習慣可不是什麼好習慣。」

像兩年前阿米來到地球上一樣，人們看到阿米並不吃驚，以為他是個剛剛參加化裝舞會的漂亮小孩；有的人甚至親切地摸摸他的頭。這種「誤會」好像讓阿米很高興。我不再像上次那樣擔心了，因為如今我對阿米和他的能力更加了解了。

我們走進家門，奶奶笑著迎上前來。她一看到阿米，就熱情地上前擁抱他。

「這孩子的目光善良有神，和一般地球上的孩子不一樣。好孩子，願神賜福給你！永遠保祐你！」

「奶奶，神一直在保佑我。但我已經不是小孩，也不那麼善良，哈哈哈。」

「能擁抱一位來自文明發達星球的人真是幸運！神啊，感謝這寶貴的機會。阿米，謝謝你作彼得羅的老師。」

「奶奶，阿米不是我的老師，是我的朋友。」我笑了起來。

阿米以一種特別的眼神望著奶奶；她似乎明白了什麼，於是說道：「哦，對，孩子，你說得有道理。阿米，謝謝你跟我孫子做這麼好的朋友。」

「我很樂意這麼做。我非常喜歡自己的職責，我是用全部的愛心去實踐的。奶奶，原諒我不能邀請您跟我們同行。彼德羅，咱們走吧。」

「阿米，沒問題。就是你邀請我，我也不去。」

「為什麼？是害怕嗎？」

「阿米，不是害怕。是我不想了解太多奇蹟，因為這會使我回頭發現這個世界令人傷心的一面。彼德羅就有這種情況：有時他對任何人都是氣鼓鼓的，因為他看到地球上有很多令人失望的事。」

「奶奶，因為我忍不住會把地球人跟奧菲爾星球上的人作比較。」我有點不高興奶奶把我的事抖出來。

阿米問我：「彼德羅，你怎麼不把自己也跟奧菲爾人比一比呢？」

「這個、這個……」

「所以我就不去啦。不論好事壞事，就留給別人去探聽吧。」

「奶奶，您說得對。這些旅行的確會給心理上造成一些刺激。了解一個神奇發達的星球可不是容易事，然後還得重回沒有愛心領導的世界生活。這也就是另一個寧可對這類接觸少一些的原因。」

「這是今天早晨我給你們做的點心，路上帶著吧！給文卡小姐一些；再給克拉托先生留一些。」

「克拉托『先生』？哈哈哈。奶奶，他只是個老野人。」

「彼德羅，必須稱呼他先生。因為他寫了羊皮書，值得我們尊敬欽佩。」

「什麼?!如果哪一天您見到了他，可千萬別這麼稱讚他，他會驕傲得屁股翹上天。不過他很善良風趣，這倒是真的。好啦，再見吧，奶奶！」

阿米提醒說：「彼德羅，你沒有忘記要對奶奶說點什麼嗎？」

「沒有哇……關於哪方面的事情？」

「克拉托的事情。」

「沒什麼好說啊。除了告訴奶奶：他是個醜老頭子。哈哈哈。」

「彼德羅，你忘記轉達克拉托對奶奶的問候了。」

「啊，對了，奶奶，克拉托問候您。好了，再見吧。」

「真的嗎？哦，太感人了！這個從另一個星球來的人心地真好……請你們告訴他：謝謝他的問候，我也向他表示問候。還有，還有，如果他能來的話，請他來家裡喝茶，一起談談他的星球和我們地球的事情……」奶奶莫名地興奮起來。

「喝茶？他要是能來，打算喝的可不是茶！」我說。

「彼德羅，他喜歡喝什麼？」

「酒啊，還能有什麼？」

「那我去買酒，說不定他會來呢。你們路上要多加小心！阿米，駕駛飛船多注意！要遵守交通規則，注意紅綠燈。」

「奶奶，別操心啦！」阿米笑著回答道。隨後，我們告別了奶奶。

「想辦法把文卡帶回來讓我看看！」奶奶在我們身後喊道。

我們倆回到飛船上的時候，足球比賽已經結束了，克拉托在看別的節目。一看到我們，他很開心地迎上來。

「我們贏啦！呵呵呵。我們截住了一個罰球！那個裁判真是不要臉，藍隊在禁區外挨了一腳，只要罰個自由球就行了，可是裁判欺負我們；他判了十二碼罰球，還舉紅牌把白隊那個人罰出場。幸好守門員把罰球截住了，呵呵呵！不過我們白隊場上還是少了兩個人。那個裁判簡直應該穿上藍隊球衣。他肯定被收買了！不僅如此，他還宣布我們一個漂亮的『頭頂球射門』作廢。白隊有個人真是靈活，一看到球朝他飛來，就立刻越過兩個後衛截球！可是裁判們裝傻，他們非說白隊前鋒越位，宣布進球無效。但我們還是以三比二贏啦！怎麼樣？我們有個非洲小子是個神射腳。三個得分球裡他就進了兩個。順便說一句：這個傢伙渾身曬得黝黑，酷斃了，對吧？對方的教練是個白癡，二比二的時候，他換下兩個前鋒，換上兩個新後衛，防線收縮，像個膽小的姑娘，故意拖延時間，因為踢和對他們有利。可是我們的非洲神射腳從八十碼外以一記重炮遠射的時候，給了守門員一個吊球，因為這個守門員站位太靠前了。進球的時候距離全場結束只剩下四分鐘。那個教練差點氣死。呵呵呵！這個時候，他就算哭天搶地想把那兩個回來坐板凳的前鋒再派上場也沒用了。就是有這種腦袋裡裝滿糨糊的教練。呵呵呵！哦，對不起！」

這番話讓我目瞪口呆：克拉托已經完全學會足球規則！甚至連什麼複雜的「越位」規則都懂了。這可花了我好長時間才弄明白，而他只看了一場比賽就摸得一清二楚。

「如果我們真心喜歡某件事的話，大腦會格外賣力工作，因為我們是全神貫注的。彼德羅，注意力是非常強大的能量。另外，這位老人可一點也不傻；遺憾的是他不注意更重要的事情。」

「阿米，足球很刺激哦。契阿有類似的體育活動，可是沒有什麼比得上足球。」

「我也很喜歡足球。但如果場面失控，我就不想看了。我討厭野蠻暴力。」我說。

「我覺得足球是一種激烈的體育活動，很陽剛；但是彼德羅，與這個螢幕上看到的其他活動相比，足球並不野蠻。我看見這節目裡有個傢伙在對付一頭碩大的牲畜，他用一塊紅布逗那隻牲畜跟著跑。呵呵呵。那犄角就從那人身邊畫過，真需要勇氣。不過，人們用種種方法傷害那可憐的牲畜。看上去是有些野蠻。」

阿米說道：「你說得對，克拉托。人們往那隻牲畜身上亂扎短鎗、小刀，讓它慢慢流血，消耗體力。加上跌跌撞撞地跑動，傷口裂得越來越大，牠疼得要命，脾氣也就越發暴躁。你可以想像自己的背上插滿刀子，一邊搖搖晃晃地跑嗎？」

「我看到地球上還有一種體育競賽也非常野蠻。」

「你指的是什麼？」

「兩個傢伙互相毆打，直到有個傢伙被打得半死，摔倒在地上。」

「啊，那是拳擊。許多人真的摔倒在地上死了，有的人被打得頭破血流。」

「那些充滿暴力的體育活動給人們留下了不良示範，還產生了非常低層次的振波。」阿米接口道：「觀眾狂熱和粗暴的情緒形成一股心理振波，可以傳遍全城；其他人即使沒有意識到，仍然可以接收到這種振波。由於振波是有『磁力』的，可以在別人心裡誘發出同樣的振波——也就是同樣的想法與情緒——於是透過振波就污染了世界，這正是那個暴君所樂見的……」

克拉托插話道：「所以我喜歡足球。這才是真正有格調的體育運動！」

我想起以前看過的踢人犯規動作，便說：「足球運動有時也會變得很惡劣。」

「藍隊就很惡劣！」克拉托把輸球的不甘心都怪罪給對方。

「你們能不能說些有意義的話呢？」阿米有些不高興了。

「彼德羅，你帶來的那個紙包裝的是什麼？」

「點心。」

「讓我嘗一塊。嘿……嗯……啊……這是甜的！你們吃的所有食物都是甜的嗎？」

「並不盡然。只有最美味的食物是甜的。」我故意吊他胃口。

「克拉托，這些點心是彼德羅的奶奶為我們準備的。」阿米說。

「啊，好吃。吧唧，吧唧。你替我問候奶奶了嗎？」

「哎，啊，問候了。」

「她說什麼？」

「這……她說謝謝……但願戈羅會心軟，阿米。」

「彼德羅，你還不是百分之百地坦率。不說真話的人，就是在撒謊喔。」

「不是的，阿米，我誠心誠意地希望戈羅的心會軟下來。」

「雖然你很聰明地改變話題，但結果還是一樣，不說真話的人……」

「好吧，好吧……我奶奶說：多謝，多謝。」

「這話你已經說過了。彼德羅，她沒說別的嗎？」克拉托不死心。

「啊，對了，她還說問候你……哎呀，我真想看到文卡啊！」

「彼德羅，她沒說別的？」

「沒有別的了。這裡有點熱。」

「彼德羅——」阿米用責備的口氣說道。

「啊，對了，她對阿米說：別闖紅燈。哈哈哈。現在可以談談文卡了吧？」

「這些進化程度不高的人，要讓他們毫不隱瞞真相是多麼困難啊。」阿米笑著說。

「阿米，該說的我都說了！」我有些生氣。

「差不多吧。事實上，還差一些。」

「阿米，奶奶所說的就是這些啊。行啦！求求你啦！」

「可是你忘記說：奶奶非常敬佩羊皮書的作者。你沒說奶奶知道克拉托問候她時感動的樣子；你也沒說奶奶邀請克拉托去家裡做客；奶奶還說要去買克拉托喜歡的好酒，準備招待克拉托。」

「還有這一堆話啊？真是個可愛的老太太。彼德羅，你為什麼藏在心裡不說呢？」

「我什麼也沒藏！我只是記性沒有那麼好！夠了！別審問個沒完沒了！」

「阿米，這孩子怎麼啦？」克拉托有些糊塗了。

「克拉托，他在吃醋。在感情方面，他的占有慾很強。」

「啊——」

「什麼?!我吃醋？為奶奶吃醋？哈哈哈。我感興趣的是文卡。」

「對。文卡是伴侶，奶奶是奶奶。」阿米說道。

「是啊，我看不出這是多大的罪過。」

「你希望奶奶只屬於你一個人。你不願意任何人跟你分享奶奶的愛。奶奶只能屬於你一個人，你不允許奶奶還有其他享受幸福的機會。你幾乎不在意奶奶的幸福，彼德羅，你只想到你自己。」

和上次一樣，阿米一指出我身上的缺點時，我幾乎全身癱軟，備受打擊。但是，這一次我很明白：阿米是對的；這不是自欺欺人。阿米對待我沒有什麼不公平，也沒有欺負、誹謗我，而是像一個真正的朋友——比我還了解我自己的朋友，所以才能指出我的自私自利，不關心奶奶的個人生活。我閉上眼睛，羞得面紅耳赤。我決定保持沉默，讓自己鎮定下來。

這時，克拉托喊道：「嘿，太空娃娃，咱們到達契阿了！」

「對，克拉托。不過發生了怪事。」

「什麼事啊？」

「文卡不在院子裡。看來情況不妙。」

「阿米，看看屋子裡面！」我喊道。

「好的，我從螢幕上看看……咦，家裡沒人啊！」

「阿米，怎麼辦？到哪裡去找文卡啊？」我急得跳了起來。

「這很容易，把她的代碼輸入電腦就行了……出來了。」

文卡出現在螢幕上。她躺在擔架上，雙眼緊閉。一個身穿白色衣裳的特里人坐在她身旁，不停地重複一句話：「妳所寫的一切都是想像。」

她像機械人一樣重複道：「我所寫的一切都是想像。」

「這是在給文卡施展催眠術，是在迷惑她的心智呀！」阿米怒吼道。

「哦，不，不，她是被弄到祕密警察總部裡去了！」克拉托說。

我覺得要天塌地陷了。

「不是祕密警察，是精神病院。他們要讓她忘掉一切！」

「快把她救出來啊！」我絕望地喊道。

克拉托十分生氣地說：「用閃電把那個長癩瘡的特里人劈死！」

「等一等，冷靜下來！我跟文卡先進行心靈溝通，但是要在更高的層次上進行。」

「好。那就快點吧！」我焦急地催促道。

阿米起身，朝著飛船後艙走去，他說：「這件事得在靜修室進行，只要花幾分鐘而已。你們保持鎮定，隨時注意螢幕。」

阿米離開後，克拉托問我：「後面有電子儀器嗎？」

「沒有。他需要全神貫注地思考。咱們注意

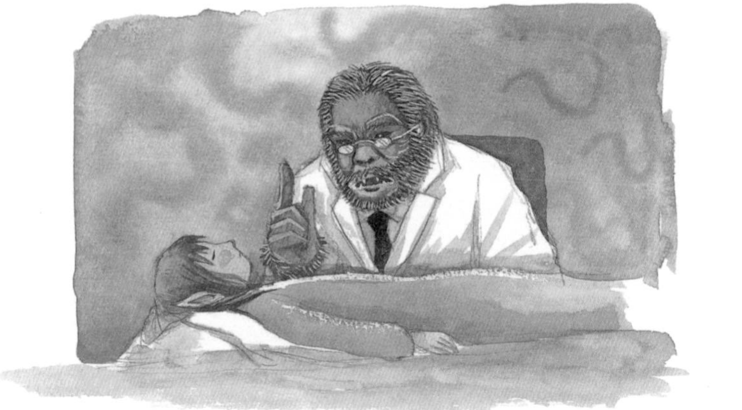

文卡的情況吧！」

「妳寫的一切都是想像。」

「我寫的一切都是想像。」

「文卡，彼德羅是什麼人？」

「彼德羅是我的心靈知己。」

「文卡，說得好哇！」

「不對。彼德羅是《勞娜》那本書的主角勞娜的知己。但妳是文卡，不是勞娜。」

「我是文卡，不是勞娜。」

「很好。文卡，彼德羅是誰？」

「是勞娜的知己。」

「很好。妳已經明白了：阿米是個虛構的人物。」

克拉托憤怒地吼道：「你這個混蛋才是虛構的呢！」

「我明白了：阿米是個虛構的人物。」

「太棒了。文卡，阿米是誰？」

「阿米是個虛構的人物。」

「好。妳已經明白了：妳寫的一切都是想像出來的。現在把妳想像的一切，什麼契阿之外的生物統統忘掉。明白嗎？」

「明白。」

我絕望地喊道：「克拉托，她要把我從她的記憶中抹掉啊！」

這時，阿米回來了。他說：「彼德羅，不會的，她不會忘記你的。我成功地跟她進行心靈交流，阻擋住心理醫生的暗示誘導。現在，她要繼續和醫生做遊戲；她什麼也不會忘記，因為她是清醒的，只是假裝被迷惑罷了。」

我問阿米：「確定她能保持清醒嗎？」

「彼德羅，我絕對確定。文卡剛才通過心靈感應術告訴我：這是戈羅下令安排的，目的是讓我們遠離文卡的生活。這個心理醫生是戈羅的朋友，看過文卡寫的書。戈羅對醫生說，文卡精神狀況異常，相信自己親身經歷過書中那些故事。他請醫生對文卡實施展催眠術，讓她『回到現實生活』。現在，咱們來嚇唬一下醫生！」

阿米拿起遙控器，在鍵盤上按了一下，說道：「好極了。我們已經得到許可：可以公開現身。」

飛船立刻轉移到另一個空間，來到某一座建築物第十層的一扇窗戶前。可以看到窗戶裡面醫生和文卡的身影。

只見特里醫生說：「根本沒有什麼外星飛船。」

而文卡機械地重複道：「根本沒有什麼外星飛船。」

阿米讓飛船現身，向窗內射進一道強光。醫生看到了。按照阿米的指示，我們三人面帶微笑，從很近的距離，向醫生招手……

「沒有……有……有……是的，有……」心理醫生目不轉睛地盯著我們，失魂落魄地嘟囔著。他看到眼前有一艘太空飛船，有個快樂的斯瓦瑪人和兩個怪異的外星人……路人開始聚集，神色驚恐地仰望天空。接著，飛船隱蔽起來，然後露面，再隱蔽，再露面，再隱蔽……那個特里醫生受不了，連忙叫醒文卡問道：「阿米是誰？」

這位太空兒童拿起麥克風，讓他的聲音輕輕地傳到文卡耳內：「告訴他：阿米就是那個穿白色衣裳的小孩，就是窗戶外面出現的外星人。」

「阿米就是那個穿白色衣裳的小孩，就是窗戶外面出現的外星人。」

「那，這一切都是真的？」

「是的，大夫。催眠術無法打倒真理。」

阿米又拿起麥克風，他要文卡真誠坦率地對醫生說明原委。文卡用了好長時間給醫生講述故事，醫生越聽越感興趣。故事結束時，醫生下了決心似地說：「這麼說，戈羅騙了我。文卡，我來幫助妳，因為這艘飛船上有妳的情感動力來源。科學證明：我們的健康需要情感。」

文卡糾正道：「是需要愛，因為神就是愛的象徵。」

「文卡，科學領域不使用這樣的詞彙，因為那不是很好的說法。如果說這種話，會威信掃地的。這個，這個……我想，用『情感』二字比用那種……那種非常多愁善感的詞彙要好。」

「愛心是多愁善感的詞彙嗎？那指的就是神啊！」

「這個暫且擱下不談。文卡，我問妳：饑餓是神嗎？」

「不是，當然不是。為什麼這麼問？」

「因為饑餓和愛心都是最基本的生理需求。我們感覺饑餓是為了不餓死；我們感覺愛是為了要保護孩子和同類。它能為我們產生保護感、安全感和價值感，並且提供繁殖後代之所需；如此而已。我們也會有仇恨或好鬥的感覺，這也是為了保護同類啊，因此如果非要進行荒唐的比較的話，那麼說愛心是神，跟說饑餓是神、好鬥是神、或者仇恨是神同樣荒謬。我們不能肯定沒根沒據的事物。」

「如果一個人的靈魂不曾得到愛心的啟示，那麼對他來說，愛心只是一個抽象的概念，或者是可以和一種庸俗本能的感情相比較的東西，比如纏綿依戀；因此對這位醫生來說，饑餓、好鬥、仇恨和愛心的本質都是一樣的。」阿米顯得非常難過。

此時文卡已經明白，這位特里醫生的心理座標與她自己的大相逕庭。

「你們說到神時，用些什麼樣的術語？」

「啊，我們通常不說這個話題，因為沒有嚴格的科學術語。我認為只有迷信和無知的人才會談這個。」

聽見特里醫生說這種話，我和文卡一樣驚訝。

「科學家談神很丟臉嗎？」

「當然。那是沒有經過證實的事情。」

「對我來說，神的存在是經過充分證實的。」文卡說。

「啊，是嗎？按照你的說法，有什麼證據嗎？」醫生微笑著說。

「我就是。」她回答。

「什麼？我不明白。」

「神是存在的。我就是證據。」

心理醫生露出困惑的表情。

「大夫，您看到牆上這幅畫了嗎？」她指著一幅描繪水果的圖畫。

「是的。」

「這幅畫就是證明有個畫家畫了它的證據，對不對？」

「可能吧。那又如何？」

「這雙手，這些指甲，這個聲音，不是我自己憑空生出來的。因此我是證據，我證明宇宙中存在著一個具有創造力的高級智慧。對於科學家來說，這樣的證據難道還不夠嗎？有星星，有銀河系，有藍色的海洋，有芳香的鮮花，這難道還不夠嗎？你們的聰明才智還不能推論出：有個智慧主把天賦本能裝進了你們的大腦裡嗎？」

我替文卡感到驕傲，因為她為醫生上了很好的一課。雖然文卡誠懇詳盡地說了這麼多，醫生的嘴角仍然掛著諷刺的嘲笑，看起來十分刺眼。

阿米解釋說：「她使用的是類推法；而這位特里醫生只會用邏輯思維。」

「什麼輯？」

「忘掉這個術語吧。現在沒有時間解釋。」

「對科學家來說，愛心還不能證明神的存在嗎？」文卡繼續說道。

那位特里醫生的臉上依然掛著嘲諷的微笑和魔鬼般的表情，好像他面對的是一個瘋子似。隨後，他似乎有些不耐煩了，開口道：「妳那『推究哲理』、『重整世界』的論調是很美好的。這個小女孩完全是個女詩人嘛！空閒的時候我也寫詩，嘿嘿嘿……可是妳的姨父母在外面等著，還有妳那幾位朋友。唉！妳的情況很不正常，才會做出這些怪事。不過，咱們必須接受這個事實，所以我要幫助妳；雖然這一切實在很瘋狂。」他又嘿嘿地笑了起來。

文卡和我們大家心中都充滿了希望。

「那麼您會說服戈羅姨父，讓他准許我去地球。對嗎？」

「文卡，我可沒這麼說。我是個醫生，這表示我的工作是保護患者的生命；另外，我是個遵法守紀的公民。首先，我得驗證一下妳去別的星球是不是對妳有好處。我必須很仔細地研究這個問題，必須跟兒童教育專家商量，還要寫報告給全國兒童工作委員會，請求資深法官批准。」

他越說讓我們感到心頭越發沉重。

「我們可能還得看看地球的社會與生物環境是否對妳有害，為此必須建立官方級的正式關係，讓我們的專家可以研究環境條件，讓專家們確認與外星文明建立聯繫不會構成對我們的威脅。再說，我們還不知道你的小朋友在雙方接觸的過程中是不是願意合作。

「這件事不容易，特別是因為其他星球的生物動態是受到政府監視的。祕密警察的一個委員會專門負責此事，並且定期向契阿規模最大的情報部門報告情況。大家都知道祕密警察不好惹；他們有『特別』的系統禁止人們了解他們認為不應該了解的問題，他們總有他們的道理。就是因為這個原因，凡是觸及這個問題的人，想更進一步研究時總是遇到許多大麻煩。不容易，很不容易。可是，合法的路才是唯一正確的路。」

聽了醫生這番話，我感到十分灰心。

「阿米，這個心理醫生瘋了。他是個官僚，總是要把事情弄得比原來複雜。」克拉托擔憂地說。

「你說得對。如果他把這件事向契阿當局呈報，那可憐的文卡……」阿米皺著眉頭。我提心吊膽地說：「還有我這個可憐的彼德羅！」

「您打算幫助我，還是要毀了我？」文卡憂心忡忡地問醫生。

「當然是幫助妳。我是醫生嘛。」

「那您跟戈羅姨父談談就解決了嘛。幹嘛要擴大事端呢？」

「不，文卡，戈羅欺騙了我，我不能跟騙子談話。我十分注重個人的品行，不能違背自己的原則。他說什麼一切都是妳想像出來的，但他很清楚事實並非如此。他再也不能當我的朋友了。另外，我應該向當局報告這個問題，這是我的責任；因為我是遵法守紀的公民，應該關心國家、民族和文明發展的安全。」

「這個人的腦袋比戈羅還要僵化！」阿米的神情十分憤慨：「他沒意識到自己面對

的是更高等的事實；他已經習慣了特里人的思維方式，因此不會謙虛謹慎、努力學習新事物，而是極力把高層次的事物降低到自己的程度，並將自己的規則強加上去。他如果遇到一個沒有護照和簽證的天使，也照樣會把天使送進牢房。事實上，他只在意如何維護自己的利益和思想方式，其他的一切都不放在心上，因為他毫無感情。」

「這種人幾輩子也無法改造成斯瓦瑪！」克拉托說道。

「有可能。可是知道這個情況對我們沒有任何幫助啊。你們看！他要打電話了。」

「是打給祕密警察總部嗎？」

醫生拿起話筒撥號，文卡非常著急，連忙把電話切斷。醫生懷疑地看看她，臉色很不悅。

「妳幹什麼？真是大膽，一點家教都沒有！」

「您想做什麼？檢舉我，把我交給祕密警察嗎？」

「當然啦。這是一個遵法守紀、關心國家、民族和文明發展的人應該做的事情。」

克拉托生氣地怒吼道：「這傢伙根本就是食古不化！」

「您就用這種方式，協助我擁有獲得身心健康和幸福所需要的愛情？」

「當然，政府當局，還有專家們清楚什麼對妳更合適。現在讓我給祕密警察打電話。該死的斯瓦瑪！」

「這傢伙很有學問，可是像野獸一樣野蠻……」阿米的臉因為憤怒而發白。

「阿米，你應該採取行動了！」我和克拉托忍無可忍。

「阿米，幫幫我！戈羅姨父，幫幫我！救命啊！」文卡大聲呼救。戈羅聽到文卡的喊叫聲，打算衝進診療室。可是裡面上了鎖，他氣急敗壞地拍打著門。

看到文卡陷入危險和苦難之中，而我卻無能為力，這是我一生中最難熬的時刻。

克拉托對著監視器大吼大叫，恨不得殺掉那個心理醫生。

「朋友們，冷靜下來！」阿米一面說著一面迅速操作儀表板上的鍵盤。他的手指飛快地活動著，彷彿電影中的快速鏡頭。不久，傳來一陣陣嗡嗡聲，甚至他手上都冒出了白煙！由於當時文卡的情況危急，因此那個當下我覺得這幅景象很正常。過了很久以後，我才想起這些充分證明阿米神奇能力的細節來：他的身體能做超高速運動。

那位心理醫生試圖重打電話，可是文卡抱住他的胳臂，又狠狠地一口咬住醫生的手指。高大強壯的特里醫生哇哇亂叫，但是隨即憤怒地把文卡甩到門上。這劇烈的撞擊使得文卡失去了知覺。文卡的姨父母聽見了聲響，心急如焚，試圖破門而入……

「幸虧她撞得不太嚴重。」阿米安慰我們。

我內心痛苦萬分，盼望著文卡的昏迷能讓醫生冷靜下來，可是事與願違。只見醫生雙拳緊握，渾身肌肉繃緊，彷彿一頭發火的猩猩般衝向我心愛的文卡……

「特里人的感情很封閉，因此不大能控制獸性的本能。」阿米操作著鍵盤說道：「我如果不攔住他，他會殺人的。」

就在這時，那位特里醫生突然全身癱軟，臥倒在地。我高興地鬆了一口氣。

「好極了，阿米！你用了什麼絕招？是遠距離催眠術嗎？」

「不是。由於情況緊急，我來不及聚精會神，只好發出一道讓他癱瘓的射線。」

「真精彩，太空娃娃！那射線的威力能維持多久？」

「只要我不切斷射線，就永遠有效。問題是咱們的露面已經驚動了祕密警察。另外，戈羅的舉動也引起他們的注意，因為他打算砸爛診所的門。時間不夠了，只能先營救文卡。」

阿米起身朝著飛船出口走去。艙門開了，只見一道綠色光束形成的通道穿過了診所的牆壁，直接通向室內。阿米沿著光柱走下去，彷彿那是一條真正的走道，最後來到癱瘓醫生所在的房間裡。醫生的神情令人毛骨悚然，好像一頭發狂的野獸。

祕密警察已經抵達診所，用力地打門。與此同時，阿米也來到特里醫生面前；他試著與醫生面對面，但兩人身高懸殊，於是阿米乾脆飛升到空中，相當於醫生頭部高度的地方。

「好傢伙！彼德羅，這個娃娃會飛啊！」

「克拉托，他還會很多特技呢。」

阿米用一個小小的儀器頂在醫生的後腦勺，一面在醫生的耳邊不停地低語，雙眼注視著他的反應。我明白這跟他第一次訪問地球遇到警察時一樣，他在施展催眠術，可能是要讓醫生忘記一切。我不知道那個小小的儀器是做什麼用的，因為以前阿米只用心理力量。

在猛烈的撞擊下，診所的門慢慢開了。阿米輕輕落地，抱起文卡（雖然阿米的個子很小，做這件事卻輕而易舉。過了很久以後，他這身力氣再次讓我吃了一驚），回到綠色光柱的通道上，登上飛船，阿米小心翼翼地把文卡放在地毯上，我連忙跑過去照顧她。阿米向駕駛艙走去。光柱消失了，飛船的艙門關閉了。與此同時，診所的門被推倒了；幾個身穿黑色制服的祕密警察衝進室內。就在這時，醫生恢復了知覺，立刻向他們猛撲過去，可是這些傢伙比醫生更加孔武有力……

「醫生的狂暴情緒還沒有消去，現在可要自食其果了。可憐的醫生。」阿米懷著些許同情地說。

訓練有素的祕密警察很快制服了醫生。他被戴上手銬推到門外。一路上，醫生不停地喊叫，要求祕密警察解釋清楚為什麼逮捕他。戈羅和克羅卡也被拉到了室外。他們倆也聲嘶力竭地喊叫著，要求祕密警察找回文卡。與此同時，其他人員仔細搜查診所並作記錄。他們不時地察看窗戶，那裡正是飛船現身的地方；可是他們看不見我們，因為飛船處於隱形狀態。

「阿米，事情變複雜了。這都是那個白癡醫生的錯。」克拉托抱怨道。

「一開始是戈羅的錯。但是無論醫生還是戈羅，他們做的事不會有什麼區別，因為特里人的本性就是如此，所以電腦才會說他們不可能讓文卡離開。這件事的確很棘手。」阿米說。

文卡漸漸恢復了知覺，我在她的身旁極力安撫她。

「現在一切取決於戈羅夫婦對特務的說明了。」阿米啟動機關，飛船騰空而起。

「也取決於那個特里醫生的說辭。」克拉托說。

「他已經派不上用場了，因為他再也想不起來曾經有個朋友名叫戈羅，想不起來一切跟戈羅、文卡，甚至我們幾個人有關係的事情了。這要歸功於我安在他後腦勺上的小小儀器，它的用處就是使局部記憶終身喪失。」

「太妙了！呵呵呵。」

文卡已經完全恢復精神，看到我陪著她十分開心。她的後腦上有個小小的腫塊，所幸沒有大礙。我把事情的全部經過說給她聽。

「阿米，你可要保護我的姨父母啊！」

「文卡，我們一定盡力而為。正是為了這個目的，現在咱們去請求援助。」

「去哪裡請求援助啊？」

「去一個非常特別的地方。」

5 沙亞—撒林

飛船向契阿星球的一片山區飛去。阿米在用麥克風跟什麼人講話。接著，他把飛行方向對準一座高山。飛船的速度快得可怕，巨岩彷彿向我們迎面撲來……可是阿米仍然勇往直前，並不打算減速或停止！

「要撞上啦！」文卡驚慌失措地大喊。」

「停下來！我可不想死！我還年輕呢。呵呵呵。」克拉托故作鎮靜地說。

「別怕！沒事！咱們要鑽進這座大山的肚皮裡去。」

眼看大禍就要臨頭！幾秒鐘之後，我們就會在山岩上撞得粉身碎骨。我們三人閉上眼睛，用手臂抱住頭……可是，什麼事情也沒發生。我向窗外瞄了一眼，對眼前的景觀十分詫異。

我們正感到疑惑時，只見阿米與高采烈地宣布：「咱們到達沙亞—撒林城啦！」

飛船已經停下，平穩地停靠在一條寬大的跑道上，那裡有各式各樣的太空飛船。向遠處望去，跑道的盡頭矗立著一些明日世界風格的大樓，和我過去在一些高級星球上看到的很類似。許多小型的透明飛船緩緩畫過城市的天空，向四面八方飛去。

這裡看起來是一個發達文明的城市，但我們明明是在進化程度不

高的契阿呀。我搞不清楚怎麼會這樣。

文卡驚訝地喊道：「這裡不是契阿！」

「當然不是，」克拉托插話道：「跟大山這麼一撞，咱們已經魂飛魄散，來到另外一個世界了。這裡是陰間吧。呵呵呵。」

「克拉托，並沒有發生什麼撞山事件。飛船穿越了層層岩石，進入這個契阿內部的地底基地；它藏在大山下面很深很深的地方。咱們得到允許可以從某個入口進入。當然，飛船事先提高了振動頻率，才能穿過堅硬的岩石。」

我心想：既然我們在大山下面，那麼四周一定都被岩石遮蔽，看不見天空。令人驚訝的是，我抬頭仰望卻看見湛藍的晴空，彷彿就站在燦爛的陽光下面一樣。

「彼德羅，那不是真正的天空，而是從高處把天空的影像投射到一個人造圓頂上。如果山外是陰天，這裡可以看到烏雲；如果是晴天，這裡就是風和日麗。山外如果是夜晚，這裡也一樣會天黑。和山外不同的是，這裡不會受到風吹日曬雨淋，因為上方有厚厚的岩層保護。」

可是，我想到岩層可能會坍塌，仍然不太放心。

「有防護措施嗎?」文卡不安地問道。克拉托在一旁來回踱步，不時看看上方的「天空」。阿米卻在一旁偷笑。

「又在窮緊張啦!你們害怕大山坍塌把咱們活埋，這個想法很自然。不過我告訴你們，用來製造圓頂的材料，可以頂住坍塌，可以投射天空影像，面積有幾平方公里，而且足足有一米厚。現在放心多了吧?」

「只有一米的厚度!撐得住嗎?」我們三人齊聲驚呼，而阿米卻笑得合不攏嘴。

「不必緊張!就算你們那不怎麼高級精密，卻破壞力十足的原子彈落在這圓頂上，連一毫米也炸不進來。另外，橢圓形拱頂是自然界最結實的結構之一。不信的話可以試試看，用指頭能不能戳破雞蛋?」

「我試過，可是蛋殼硬得跟什麼一樣。」我說。

「在這裡比在外面安全得多。」

「為什麼?」

「因為無論是季節、風雨還是溫度都影響不了我們，這裡完全是自動控調，陽光中的有害光線照不進來，其他不良的輻射也無法到達。甚至連隕石、龍捲風還是火山爆發都影響不了這裡。另外，特里人做夢都想不到這裡會有祕密基地。」

文卡平靜了許多，提出一個我們三人都非常感興趣的問題：「這是什麼地方？我們的星球上怎麼可能會有一座充滿太空飛船的城市呢？」

「在宇宙各地，凡是有人類的星球上，無論進化還是不進化，都有這樣的基地或者小城市。」

「地球上也有一座這樣的城市嗎？」我十分好奇。

「彼德羅，不只一座，而是好幾座。」

阿米還來不及進一步解釋，窗戶外面出現了可怕的景象：有兩個特里巨人站在跑道上，面對著我們的飛船，直勾勾地盯著我們。文卡看見他們，不由得驚呼起來：

「阿米，特里人！特里人！」

克拉托不安地抓耳撓腮。

阿米笑著說：「沒錯，那是特里人，不過卻是我們的朋友。我請他們來幫忙解決我們的問題。走吧！出去歡迎他們！」

「我在這裡等候他們。」我不大想接近那些魔鬼；儘管他們面帶微笑，看起來還算親切。此外，我覺得在一座高度發達的城市裡面看到原始的特里人是一件很不協調的事；更不可思議的是，這座城市是隱藏在契阿領土上的。

阿米一面起身一面解釋說：「他們不是真正的特里人，而是來自高級的文明世界。這些朋友作過外形改造，所以有特里人的模樣，以便於在契阿上工作。」

這番話總算讓我們放下心來。接著，阿米請我們進「洗手間」，他自己也進來了。「我們要先在這裡消滅皮膚、衣服還有身體內部的病毒，否則這些病毒會給基地帶來後患。這是生活在基地裡比在外面安全的另一個原因：這些生態系統能更有效地控制環境，讓我們得到更多保護——如果你們能看到外邊的世界是怎樣被大量的各種微生物所包圍……」

我們走下飛船，迎面遇上了那幾位長毛朋友。阿米高興地和長毛巨人打招呼，巨人也熱情地向阿米問候（阿米在巨人身旁顯得格外矮小）。阿米把我們一一介紹給巨人們，並且詳細說明我們的身分和來到這裡的目的。巨人們並不和我們握手，而是朝著我們伸出右手，掌心向前與肩膀同高；隨後收回掌心，放在自己胸前。

他們的模樣非常怪異；因為他們的目光和笑容流露出善良、智慧和歡愉的神情，不過長毛和大牙看起來又頗為危險兇猛。我覺得有什麼地方不大對勁。真正的特里人一定會發現他們身上的破綻。

「彼德羅，你能發現破綻，可是特里人沒有你這麼敏感。他們只看見眼睛，看不出目光後面的善良和智慧，所以咱們的朋友沒有危險。」

「可是也不像你想的那麼容易，」其中一位「冒牌特里人」笑著解釋說：「能在這裡堅持下去並不容易。你也知道特里人脾氣暴躁易怒，有些偏執狂。有些官員有被害妄想症，對下屬疑神疑鬼。在這裡工作很不容易，祕密警察總部尤其如此，更別提是在調查外星生物的領域了；那個單位簡直是龍潭虎穴。不過，這裡的工作對我們來說是一種積極而有意義的挑戰。」

阿米笑著說明：「這幾位朋友名義上是契阿星球的外星生物調查局顧問，但實際上是咱們這邊的人。」

「事實上，我們是滲透進去的間諜。」另一個「冒牌特里人」用幽默的語氣說道。

我深深地敬佩這些人。與他們的工作相比，我和文卡以寫書的方式為宇宙效力，簡直像是輕而易舉的兒童遊戲。他們主動接受這種處處陷阱的危險工作，決心在充滿暴力的地方為宇宙服務，真是了不起。

「而且他們還被包圍在心理情感的強烈低級振波中。」阿米捕捉到了我的想法，進一步說明道：「可是他們絲毫不低估自己工作的重要性。彼德羅，文卡，你們也不是生活在天使和聖徒的包圍之中。你們寫的書對創造一個光明和友愛的世界有所貢獻——那個世界強調精神，而不是物質，沒有任何階級之分；這一切都是與暴君的願望背道而馳的。民主、自由、平等、博愛的思想傳播得越廣，對暴君就越不利。」

這番話讓我和文卡心裡充滿了恐懼。

「你的意思是說我們已經上了暴君的黑名單啦？」我害怕地問道。特里朋友聽了笑起來。

「凡是願意為人類作出貢獻，提高世界幸福水準的人，自然上了暴君的黑名單。如果為人類服務沒有危險，那『工作人員』就會大大地增加了。可惜並非如此。」

我認為阿米說得對。就算世道潮流會把人們帶向深淵，勇於反其道而行的人仍然不多……

「不過，用不著害怕。不錯，暴君是反動的力量；但是，孩子們，宇宙中並不是只有黑暗的勢力，也有從愛而來的光明力量。而且，你們已經知道了什麼是宇宙中最強大的力量，是不是？」

「當然……」

「因此，你們無時無刻都受到保護。另一方面，在暴君眼裡，你們僅僅是『煩人的小蟲子』；他忙著處理更重大的事件：販賣毒品、挑動戰爭和敵對情緒、策畫權錢交易、虛張聲勢、欺騙群眾……等等。而我們這兩位『特里』朋友，的確處於危險之中，可是他們絲毫不害怕，因為他們比你們清楚自己擁有怎樣的保護措施。」

克拉托對兩位朋友熱情地說：「孩子們，你們真是一級棒！說起來咱們也是同行。我也當過間諜，那是在穆達尼亞戰爭中，瑪隆波族的軍隊派遣我到羅司塔族當間諜。孩子們，咱們好好喝一杯，慶祝這一次相遇，順便交換一下戰爭中的見聞。」

「你是斯瓦瑪人，怎麼會打過仗？」巨人之一懷疑地問道。

「如今我是斯瓦瑪人，但從前我可是不折不扣的特里人。那時候我比你們還高大強壯呢，大家都叫我『穆達尼亞的惡神』。呵呵呵。另外，值得驕傲的是，我是這個星球上第一個改造成功的特里人。來，慶祝一下吧！」

「克拉托，您參加過穆達尼亞戰爭？」文卡問道。

「當然啦，寶貝。我最風光的時候被稱做『野嶺上的半人半馬獸』。凡是遇到我的人都明白應該敬而遠之。要是有人忘了閃避，恐怕就要大難臨頭了。呵呵呵。」

「那您簡直老得可怕！穆達尼亞戰爭幾乎是古時候的事。真沒想到今天還有那場戰爭的倖存者。」

「那時我只是個孩子，人家叫我『危險兒童』。呵呵呵。」

「克拉托，別撒謊了！那場戰爭爆發時，你曾祖父還很年輕呢。聽著，咱們不能浪費時間了，文卡的姨父母還被押在警察局裡。如果咱們不趕快行動，事情就會變得更棘手。」阿米語重心長地說。

這時，一架透明的飛行器降落在我們面前，裡面卻沒有駕駛員。我知道內部一定有高科技的自動化裝置。一扇門自動開啟，彷彿邀請我們入內。克拉托上前打量，尋找那看不見的飛行員。

「你別躲啦！我知道你在裡面！」

「別傻了！快進去吧！我們要去另一個比較合適的地方跟這兩位朋友談談。」

「當然，還得喝上一杯！」克拉托補上一句。

「沙亞—撒林沒有酒。」一個特里朋友笑著告訴克拉托。

「這裡沒有酒？原來我們到了契阿最無聊的地方！那你們怎麼尋開心呢？」

「有時我們的內心也會面臨誘惑和試驗，為的是使我們的心靈更加完美，於是我們就用別的方法來鍛鍊心志，比如：練氣功、靜思、禱告。」特里朋友解釋道。不知不覺間，飛行器開始啟動，緩緩向上飛去。

「這位朋友不是真正的特里人，儘管他渾身長毛。」克拉托有感而發地說。

飛行器低低地慢速航行，目標是這個被稱做沙亞—撒林的地下小城市中心；它就像是被契阿星球文明所包圍的一塊異國領土。

從空中看去，城市顯得平和寧靜，活像是縮小版的奧菲爾。與所有文明發達的星球一樣，穿梭各地的交通工具大部分都是在空中運行的。

絕大多數人像斯瓦瑪人一樣耳朵尖尖的，但皮膚不是玫瑰色，而是橄欖綠色。頭髮和眼睛是黑色的，身材像特里人一樣高大，但是沒有長長的毛髮。

兩位特里朋友解釋說：「我們的老祖宗就是屬於這個種族。」

這裡也有相當數量的其他人種，彼此友善相處。此情此景讓我想到：高級進化的特徵之一就是大大縮減了階級之分和種族界限，也移除了偏見、隔離、猜疑、恐懼和侵犯行為。

阿米注意到了我的想法。他說：「彼德羅，隨著覺悟力的提高，我們越來越能理解生活的意義。我們越來越不在意人與人之間的外部差異，而越來越能看到彼此內在精神世界的相通之處，於是也就逐漸學會向別人敞開心扉。」

我看看身邊的特里巨人。他身上散發出一種怪味，有點像我在動物園裡看到的狗熊發出的氣味，但是我極力讓自己的感受超越眼前碩大的肌肉、大牙和讓我恐懼的長毛，努力換一種方式，把他看成是我的好朋友。

幾秒鐘之後我成功了。我感覺到他身上的氣味不那麼難聞了，反而讓我回想起從前養過的一條可愛小狗。巨人察覺到了什麼，因為他轉過身來，目光和善、滿面笑容地向我表示好感，並且在我膝蓋上親熱地捏了一下。這讓我再次明白：愛心足以超越阻隔在人與人之間的所有外在與虛構的障礙。

「彼德羅，所有的人都是神以愛心創造和表現的結果。咱們大家來自同一個根源，因此也有同樣的歸宿。」

「特里人也一樣。」巨人之一笑著說。

「是的，包括特里人。但是，神創造特里人那天喝太多酒了。酒醒之後，才造出斯瓦瑪人。呵呵呵。」克拉托笑著說。

「好啦！」阿米吼道，他顯然不喜歡這個玩笑。

「這座城市看不到什麼動靜啊？」文卡想改變話題。

一位巨人解釋道：「這個地方的大部分設備都在地下。事實上，這不是一般城市，而是一個工作站或基地。在這裡生活的所有人都是某個專門領域的行家。」

「建造這座基地的目的是什麼？」我問道。這時，我們降落到一座建築物的頂層，那上面有個巨大的停機坪。

「進化發達世界組成的友好同盟在這裡要完成一些任務，目的是監督這座星球的社會發展，並照看它的文明狀況。在座的這兩位朋友也是這個任務的成員；此外還有來自其他文明的專家共同合作。這些專家來自四面八方，但是環境條件都與這座星球相似；也就是說，有相似的引力，相似的氧氣層，相似的由碳水化合物為組成基礎的人種……」

「阿米，太空中所有的文明世界不都是這樣的嗎？」

「彼德羅，當然不是。有的高級生物是像魚一樣生活在水裡的。」

「他們的身體構造跟我們一樣嗎？」

「不一樣。我們的身體構造是為了生活在陸地上而設計的，並不適合生活在水中，所以我們有雙腿，而不是鰭和鰓。再說，我們的體形也不適合在水中行進，因為會遇到很大阻力；而魚的體形就很適合游泳。」

「這麼說，有些高等生物的體形很怪異囉！」

「或許他們會認為你才是體形怪異的生物呢！哈哈哈。」

「但是你以前說過，人的體形是有普遍性的：頭部、軀幹和四肢……」

一回憶起過去，阿米又笑了。他說：「那是咱們第一次見面。你害怕極了，心裡想著『這是外太空的魔鬼』！我不願意讓你太害怕，因為你會以偏見和歧視的眼光看待不同種族的人。我跟你談到宇宙裡有許多人的體形跟你一樣，比如文卡、克拉托和我，還有你後來看到的奧菲爾人和其他宇宙的人種。但是除此之外，宇宙裡還有很多、很多種人呢。生命甚至會出現在似乎最不利於生存的條件下，而每個生命形體則會出現適應外在環境條件的特徵。總而言之，宇宙裡什麼都有；我們目前至少應該了解距離我們最近的情況。」

我們步出飛行器，邁入旁邊的一座電梯。特里朋友發出口令，電梯的門關閉了，隨後開始上升。一會兒門又開了。我們走出電梯，穿過走廊進入一間小客廳。裡面有一張橢圓形的桌子，周圍擺放著好幾把椅子，地面上鋪著玫瑰色的大理石。每個座位前方立著幾片矩形薄板。我猜測那是攝影機或電腦的螢幕。房間的一頭有一扇大落地窗，面向一片美麗的海景；浪花拍打著岩石，漁船在遠方海面上依稀可見。海岸上有個村莊。這就像是地球上的景致，但我們不是在地球上；更何況，我們是在大山之下，而海洋在很遠的地方呢。

我想起上次漫遊中，我在指揮「援助地球計畫」的上校飛船上看到過一扇類似的大窗戶；透過那扇窗戶，上校播放了自己世界的影像。那是個類似彩色電視的東西，但是看上去就像一扇普通的窗子。這時，我看到一艘船正朝著我們駛來；也就是說，向攝影的地方駛來。漁船逐漸靠近我們的時候，我發現船上的漁民是斯瓦瑪人。

「咱們怎麼可能從大山底下看到海洋呢？」克拉托好奇地問道。文卡給老人解釋了這種系統的設計原理。老人驚訝不已，連連說道：「好傢伙！」

「好，大家請坐吧！」一位特里朋友招呼我們。

另一位巨人說道：「這位小姑娘的姨父母被逮捕了，因為要調查他們倆與一艘飛船的關係，而這艘飛船拐走了他們的外甥女。姨父母的一位醫生朋友也被傳訊，儘管他什麼也不記得了。醫生認為自己從來也不認識什麼名叫戈羅的人，更不可能知道他有個斯瓦瑪妻子和外甥女。來，咱們看看目前的情況吧。」

特里人用毛茸茸的手指觸動一下面前的電視螢幕薄板，其他所有的螢幕也都亮了起來。畫面上出現了一些我現在已經見怪不怪的符號——我已經能夠識別出宇宙友好同盟的一些語言文字了。我猜測那是一張可供多種選擇的功能表。那位巨人並沒有觸動按鈕，只對著螢幕下達了口令。

螢幕上出現了一座花園環繞著的高大建築物，四周被一道高牆包圍，牆上設有監視器，牆邊有警衛的武裝崗哨。

「這裡是祕密警察總部。」特里朋友解釋說。隨後，影像中降下了一個坡道，我們由此進入建築物內部。如同某些電子遊戲一樣，鏡頭隨著那位特里人手指在游標和螢幕控制器上的移動而前進，使我們跟著走遍了整個總部，毫無顧忌地窺視文卡她們國家內部「最機密」的單位。然後，螢幕上出現了一個比其他特里人更加肥胖、更加令人毛骨悚然的傢伙。他的毛髮是墨綠色的，似乎從來沒有梳理過，看起來油膩膩、黏乎乎的。我想他身上一定散發著魔鬼的氣味。

「你的直覺能力太強了！」阿米笑著說。

「那是祕密警察部部長通克。咱們來看看錄影帶，了解最近這一個小時他做的事情和說的話，以便掌握最新情況。」

這時我才明白，宇宙友好同盟有辦法監視很多人……

就在那個特里朋友前後挪動鏡頭，尋找祕密警察部部長的動態時，阿米告訴我們：「在影響契阿進化程度的重要領域上，我們不能不留意特里人所採取的決定。」

我覺得無論如何，這類間諜活動都是對契阿獨立和自由的破壞。阿米察覺了我的想法，決定給我們解釋一下這個複雜的問題。

「在這些星球上也有我們建立的基地，有的基地上派駐了許多人，如果我們不加小心，基地會被破壞的，所以必須加以監控。以前我還說過，我們不能允許一個充滿暴力的星球掌握可能產生宇宙災難的高科技。你還記得嗎？」

「阿米，我明白，不過……你們在別人的領土上建立祕密基地，這合法嗎？」

兩位特里朋友聽了我的問題之後笑起來。

阿米說：「如果沒有這些基地，那你們的文明也就不存在了。」

我想阿米的意思是說，如果沒有他們對我們的監控，那我們的星球早已經毀滅在自己手上。阿米了解了我的想法之後說道：「有這個意思，但不只是如此。我們出現在不進化的星球上還有更重大的深遠意義，那是你無法想像的……」

這句話引起了我的好奇心，我想知道那深遠意義是什麼。

「目前咱們沒有時間進一步說明這個問題，以後你們會明白的。耐心等一等吧。」

操控螢幕的那個特里朋友說：「通克對被捕的人還沒有做任何處置。他已經請示了軍方和總統府，目前正等待上級指示。」

鏡頭地毯式地走遍了祕密警察總部的上上下下。游標指向一扇有兩個武裝警衛人員看守的大門時，特里人解釋道：「這是拘捕犯人的牢房。現在找找咱們的朋友。」

我們穿過一排排粗大的鐵柵欄，就從警衛的鼻子前面走過，但是他們看不見我們。我們繼續前進，來到一條兩側都有好幾扇牢門的走道上。我們仔細察看每一個房間，多數房間沒有人。心理醫生被關在一個單人房裡，顯得孤獨而驚慌，臉上有青一塊紫一塊的傷痕。我們折回走道，進入旁邊的一個房間，文卡的姨父母就在裡面。看到兩位長輩平安無恙，文卡鬆了一口氣。那間房裡沒有關其他人。他們坐在長沙發上，情況看起來還好，只是神情有些不安。

一位特里朋友解釋說：「上級很快會把這個案件定為『一級』，然後把他們倆移監到一棟銅牆鐵壁的小樓裡去。到那裡以後幾乎不可能被釋放，而且我們到時得對付一大群全身武裝的特里人，所以必須趁現在把他們轉移出來。」

「轉移出來！怎麼轉移？」我驚喜地問道。

「用電子運輸法不是難事，孩子。」特里朋友告訴我。

「太神奇啦！」文卡高興地說。

阿米插話道：「那咱們就把他們轉移出來吧！不過，採取行動之前，要先用定向麥克風，把即將發生的事情通知他們。」

「不能通知！別忘了，每間牢房都裝了攝影機。」

「沒錯！我們什麼都不能告訴他們，因為我們說的每一句話都會被錄音。」

那個特里朋友繼續說明：「文卡的姨父母來到這裡以後，不能讓他們看到我們兩個，所以我們要先躲起來。對於沒有參加進化工程的人們來說，這是一項不得違反的安全措施。」

克拉托立刻回應說：「那麼我也屬於進化工程的一員啦。呵呵呵。」

「這是肯定的，克拉托。不然就不會把你帶到這裡來了。目前你還不知道如何為愛心效力，但是該你出力的時候很快就要到了。」

克拉托開心地望著我們，得意地揚起眉毛，好像是在說：「對我得更尊敬些啊！」

我心裡想，克拉托不過是個老農夫，愛喝酒吃肉，有時會撒謊，還愛開玩笑，他能為愛心事業作出什麼貢獻呢？哈！

阿米捕捉到了我的想法，他簡單明瞭地說道：「他的內心深處，你能知道多少？誰能了解每個人進化的時間表呢？」

我很不好意思，一句話也沒說。

特里朋友接著說道：「與宇宙計畫無關的人員不能知道這些地下基地的情況。因此，你們未經我們批准，不得將在沙亞－撒林的任何見聞告訴那對夫婦或者任何人。能遵守規定嗎？」

他這番話是對文卡、克拉托和我說的。

「我口風很緊，戰爭時大家叫我『墓穴』。呵呵呵。你們放心吧！」

「一定遵守。」我和文卡同時說道。

「好。咱們先讓他們睡著，再把他們搬運出來。現在去電子運輸室吧！」

我們隨著鏡頭走出房間，沿著走廊前進，來到另外一個擺滿科學儀器的房間。特里朋友們啟動控制器，彼此針對技術問題討論了一番。然後，螢幕上出現了文卡姨父母的身影。

「準備進入睡眠狀態。」

夫妻倆立刻進入夢鄉。

「準備進入電子運輸狀態。」

突然之間，夫妻二人就出現在我們眼前了，而且兩人仍然躺在長沙發上，像熟睡的嬰兒一樣。文卡想上前擁抱他們，但是被阿米攔住了。

「等一等，讓我們的朋友先把事情辦完。」

兩個特里朋友分別抱起夫妻二人，把他們放在擔架車上，然後用電子運輸法，把長沙發運回原來的牢房——正好趕在牢房的鐵門被幾個祕密警察打開之前完成。祕密警察發現牢房裡面空空如也，氣急敗壞地暴跳起來。

「長沙發上還有他們的體溫。一定是那些可惡的外星人剛把他們倆搬運出去！那些混蛋太狡猾了！」

他們這番話讓我很疑惑。

「阿米，難道那些特里人早就知道你們能用電子運輸法把人移轉出來？」

「是的，彼德羅。我們不得不使用這項技術已經不是第一次了。」

「這麼說，契阿當局不是不知道你們的存在？」文卡問道。

「文卡，他們當然知道。不然的話，飛船在心理醫生的窗前露面時，他們就不會立刻派人去調查了。」

「我一直以為他們只是調查一下，並沒有什麼證據……不過為什麼在官方聲明中，他們假裝什麼也不知道，甚至還嘲笑相信飛船出現的人們呢？」

「因為他們掩飾關於我們的事情，而且掩飾得非常巧妙。所以，他們極力阻礙私人調查，散布關於我們的假消息，目的是製造恐怖和混亂。」

「阿米，他們真是如此嗎？」

「遺憾的是，的確如此。」

「我完全沒想到，契阿當局竟然這麼了解你們的情況。」

「這是可以推測出來的。因為多少了解情況的人都知道當局非常關心這個問題；只要一有關於外星人的事情發生，再遠他們也會立刻跑去調查。隨後，在軍隊和警察的戒護下，馬上封鎖現場，用精良的儀器採集蛛絲馬跡。這些資料最後都被祕密收藏起來。大家都知道當局絕對不肯公布真實的消息。假如當局並不了解真實的情況，以為這件事根本就是想像出來的，那他們就不會大費周章地調查，並且拼命遮掩已經掌握的情況。只要深入思考，就不難推測出其中的原因。」

「他們為什麼要掩飾已經掌握的情況呢？」

「問得好，不過我以後再回答這個問題。現在，咱們集中精力解決最緊急的問題：營救戈羅和克羅卡。」

一位特里朋友說道：「咱們先把問題歸納一下：戈羅的醫生朋友完全不記得事情的經過；在他腦海裡留下的印象被簡化為：幾頭大猩猩突然闖進他的診所，把他打得昏倒在地。祕密警察們會問他飛船出現在他診所窗前的許多問題，可憐的醫生卻什麼也想不起來。祕密警察們還會問醫生和戈羅夫婦有什麼關係。醫生回答，不知道你們說的是什麼人。經過一連串的疲勞轟炸之後，祕密警察們終於明白醫生一無所知。如果醫生經得起折騰，或許還能活著出來；儘管他們仍會懷疑是我們抹去了醫生的某些記憶，就像前幾次別的事件那樣。」

阿米補充說明道：「祕密警察們知道我們能夠徹底抹去記憶的某些部分，連最好的催眠術也不能使之恢復。這就是我在醫生身上所做的。文卡，至於妳的姨父母，等他們醒來時，咱們就可以知道他們在祕密警察面前說了些什麼，然後再看怎麼處理。」

特里朋友說：「我再說一遍：不能讓他們知道自己身在什麼地方。凡是沒有參加宇宙計畫的人，暫時都不應該知道這些祕密基地的情況。」

我問道：「那我們也不能把祕密基地的事寫進書裡嗎？」

「那不一樣，彼得羅，因為你們書裡的內容只會被當作虛構的故事。總之，等所有事情結束以後，我會告訴你們什麼可以寫、什麼不能寫。」

那位特里朋友繼續解釋說：「重點就是不能讓任何人發現我們倆是宇宙友好同盟的成員；如果我們的身分暴露，連帶會使潛入契阿當局其他部門之中偽裝的特里人跟著曝光，那將會是一場大災難。」

另一位特里朋友接著說道：「現在，大家都到隔壁房間去吧！要叫醒他們了。」

我們走出了房間。兩位特里朋友分別推著兩台擔架車，大家魚貫進入一個舒適的小客廳。客廳裡擺著報紙雜誌；旁邊有個小廚房，不知是誰已經為我們準備了飲料、水果和點心。這些東西讓克拉托很興奮，他說：「有沒有什麼好喝的飲料啊？」

「這裡有果汁、茶水，或純淨的水。克拉托，你可以隨意取用。」

「好哇。」

兩位特里朋友把戈羅夫婦安頓在長沙發上。其中一位告訴我們：「不能讓這對夫婦馬上看到阿米、彼德羅和克拉托，否則會驚嚇過度，因為他們從來沒見過外星人。

所以你們三人必須跟我們一道離開這個房間。他們醒過來的時候，只能看到文卡。咱們從監視器裡密切注意他們的情況。」

另一位特里朋友接著說明：「要讓他們以為自己身在鄉間。為了達到這個效果，我們要在螢幕上放映一些相襯的畫面，現在會先出現一扇窗戶。你們看！」特里朋友指的是牆壁上一個黑色長方體。他操縱手中的遙控器之後，「窗戶」立刻明亮起來；窗外出現了一片美麗的田野風光，還有小鳥、蝴蝶和昆蟲在飛舞。我好像聞到了大自然的芳香；我明白這只不過是自己的想像，因為這都是投影的結果。

「彼德羅，這是真正的芳香。我們的鏡頭攝取影像與香氣後，就可以自行複製。」

「太神奇啦！」

特里人對文卡說：「姨父母醒來以後，先讓他們冷靜下來，然後讓他們戴上這兩具翻譯通，告訴他們：妳的朋友會從隔壁房間回答他們的問題。其餘的事情就由我們來處理。明白了嗎？」

「明白了。」

「然後，等他們做好準備以後，阿米、彼德羅和克拉托再回到這個房間裡來。那時就由阿米來主持談話。你們要聽從阿米的指揮，千萬別任意發言！咱們不能出錯，否則會把事情弄得更加複雜。明白了嗎？」

我們回答，明白了。

「跟我們走吧！」

我們留下文卡在房間裡，輕輕把門帶上，然後走回那個擺滿了儀器的房間。從螢幕上可以看到文卡和她仍然在沉睡著的姨父母。兩位特里朋友開始工作了。

「文卡，請準備好！我們要叫醒他們兩位了。」

文卡從看不見的聽筒聽到了特里人的聲音。

「我準備好啦。」我們從監視器的揚聲器聽到了她的聲音。

很快地，文卡的姨父母睜開了眼睛，二人發現不是身在牢房裡，大吃一驚。但是，他們一看見文卡在身邊，便忘卻了驚訝。一家三口久久地擁抱在一起，這讓我感到有些不快——如果這親情不是那麼強烈，文卡去地球就沒有那麼多麻煩了……

文卡替姨父母戴上耳機。

「這是為了讓你們能夠聽懂別的語言。」

「咱們這是在什麼地方?怎麼突然一切都變樣了?妳怎麼會在這裡?」

克羅卡發現了窗外的景致，高興地喊道:「戈羅，咱們是在鄉下。」

「我沒辦法回答你們的問題，但是我的朋友們可以。他們就在隔壁的房間裡，正透過螢幕上看著咱們。咱們可以聽到他們的聲音。」

「是的。午安，戈羅，克羅卡。」一個特里朋友通過麥克風說道。

「啊，又在管閒事了……」戈羅的表情和口氣都帶著敵意。

「你們有必要認識一下阿米。他是外星人，因此他的長相你們沒有見過。他等一下會跟彼德羅和克拉托一起進來這個房間。彼德羅也是來自另外一個星球的。克拉托是斯瓦瑪人，是你們外甥女的朋友。你們不會害怕吧?」

「哎喲，我好害怕!」克羅卡驚叫起來，緊緊抓住戈羅的胳膊。

「得了吧!」戈羅輕蔑地說道，一副毫不在乎的樣子。

「他們現在走過去啦。」

「太可怕了!」

「姨媽，別怕!我的朋友都是大好人。」

一個特里朋友留在原地，另外一位陪同我們出去。他打開房門，第一個進去的是阿米。

「你們好。我自我介紹一下，我就是大名鼎鼎的阿米。」他快活地笑道。

戈羅不大友善、也不大信任地瞥了阿米一眼。克羅卡顯得又驚又怕。那位特里朋友拍拍我的肩膀，我明白輪到我了。

「我叫彼德羅，來自地球。」

接著是克拉托。

「我叫克拉托。現在是斯瓦瑪人，但從前是特里人。我是這個世界第一個經過改造之後活下來的人。」

「你是我們種族的第一個叛徒，所以跟契阿的敵人合作也不足為奇。」戈羅咄咄逼人地望著克拉托。

克拉托氣得滿臉通紅。他握緊拳頭，目不轉睛地瞪著戈羅。阿米趕緊打圓場：「冷靜點！幾分鐘以前，你們兩位被祕密警察抓走了；他們準備對你們進行審訊。幸好我們使用高科技把你們救了出來，轉移到這個地方。現在你們已經安全了。」

「我不懂為什麼你們不讓我們留在原來的地方？讓他們審訊好啦，我沒有什麼可隱瞞的。沒什麼事的話我們就會被放回家了。現在我們肯定變成逃犯，這都是被你們搞砸的！」戈羅似乎還不明白事情的原委。

「我們只想知道，你們在祕密警察面前說了些什麼。」阿米說。

「什麼也沒說。他們把我們的嘴巴封住、戴上頭套拉出了診所，塞進一輛車裡。等拿掉頭套讓我們睜開眼睛的時候，已經被放在一個房間的沙發上。我們就在那裡待著；忽然之間，我們睡醒了就來到這裡。這就是全部經過。」

「這麼說，他們沒有問你們名字，也沒有拍照和捺手印？」阿米似乎很高興。

「沒有。」

「好極了。看來他們還不知道你們是什麼人。」

「可是，我那位心理醫生朋友有可能講出去了。」

「不必擔心。那位醫生被我們實施了記憶移除術，現在他已經不記得認識你們了，也徹底忘記了你們要他幫助文卡遠離那些『胡思亂想』的東西。」

戈羅有些不悅，但是阿米明亮平靜的目光傳達出和平的訊息，使他逐漸冷靜下來。他說：「我做了我認為對文卡有好處的事情。我怎麼能允許一個這麼小的小女孩被外星人帶走呢？我怎麼知道你們的真實意圖是什麼？」他懷疑地望著我們說道。

「您沒讀過文卡寫的書嗎？那裡說明了我們的真實意圖。」

「我昨天晚上讀過了，但我不是天真無知的小孩。你們說不定利用我外甥女，透過她的作品散布假消息。」

「你認為我們屬於邪惡的文明，卻企圖讓契阿人誤以為是善良無害的？」

「唔，差不多是這樣吧。」

我理解戈羅的心情。我剛認識阿米的時候，也產生過同樣的懷疑。

「這是純粹的偏執。如果真有這種邪惡的文明，那它就不會像我們這麼大費周章；更別說讓你像這樣暢所欲言。難道你會懷疑自己的妻子也有可能是偽裝的，等待時機殺害你嗎？或是懷疑自己的家人親友實際上可能是邪惡的壞人嗎？」

「當然不會！我了解我的親朋好友，但是不了解你們，誰知道你們到底是什麼東西啊？」

「我了解他們。」我搶著說道：「他們是好人。」

戈羅不信任地看看我說：「你是他們一夥的。在滲透我們星球的陰謀裡，你是一個重要角色。你拐騙了文卡。誰知道在這張天真的娃娃臉後面藏著什麼樣的魔鬼呢？」

面對戈羅不可理喻的挑釁懷疑，我感到自己被打擊得渾身癱軟。我面紅耳赤，一句話也說不出來。我想大哭一場，可是極力忍住了。這時，文卡喊著：「姨父！拜託您饒了他吧！」她來到我身邊想安慰我。阿米也走過來了。

「好啦，彼德羅，要想在不進化的人群裡完成任務，可不是容易的事，因為他們的心腸冰冷又堅硬，得忍受他們的懷疑、不信任和猜忌。我可以告訴你一個小祕訣，讓你比較能應付這種局面。」他靠近我的耳旁，低聲說道：「你必須把他們看成是小孩；因為在某些方面，他們只有小孩的程度。不要對他們生氣。你過去也跟他們一樣，只是你現在進步了。不過，別讓他們發現你把他們看成孩子，不然他們會生氣的。」

我覺得阿米說得有道理。我努力換一種方式看待戈羅。一看到他眼睛裡似乎在冒火，我明白了那目光後面唯一的東西就是恐懼；毫無理由的恐懼使他眼中的一切變得一團漆黑，讓他變得咄咄逼人，看不到生活中最美好的東西。我心中的氣憤變成了同情、遺憾與理解。

戈羅站起來，扶起了妻子。他摟著克羅卡的肩膀，另外一隻手牽著文卡，一邊向門口走去一邊說道：「夠了，我要回家了。」他發現無法打開門，便一面拍打房門，一面大喊：「讓——我——回——家！」

我想這頭「大猩猩」很快會把我們都殺死的。我四處張望，找不到藏身之處。正在這時，揚聲器裡傳來一陣陣威嚴有力的聲音：「冷靜些！戈羅先生。沒有人會傷害您和您的親人。如果您仍然堅持粗暴的態度，我們便不得不使用科技手段制止您，那可就不愉快了。您還是回到沙發上坐下吧！放輕鬆！我們還有幾件事情想跟您談談。」

戈羅聽見這番話，明白自己要面對的不僅是幾個孩子和一個老人。他無可奈何地回到了沙發上。

「好啦。我坐下了。」

這時阿米面帶天真的微笑，迅速在戈羅身旁坐下。戈羅吃了一驚，以防衛的姿態挪開一些。阿米對他說：「看來您好像不知道祕密警察們調查和審訊嫌犯的方式。」

「我可沒那麼傻；大家都知道祕密警察們對敵人、罪犯和懷疑對象可厲害呢。可是我沒有什麼好遮遮掩掩的。我是個受人尊敬的公民，多年來一直以開藥房維生，眾所周知，所以他們不會對我施暴的。」

阿米望著天花板說：「喂，弟兄們，我們可以看看審訊心理醫生的畫面嗎？」

「好的。請等一下。」揚聲器裡傳來特里朋友的聲音。

幾秒鐘後，空無一物的牆壁上亮起一個長方形的螢幕。心理醫生被捆綁在一張金屬桌子上，全身濕淋淋的，還赤身裸體。那情景實在慘不忍睹，文卡和克羅卡別過頭去。戈羅眼睛瞪得老大，面色蒼白，他請求關閉螢幕。阿米照辦了。

「您的朋友是一位受人尊敬的醫學博士，可是祕密警察們毫不在乎；特別是在追查與發達文明星球有關的線索時，更是變本加厲。」

「不錯，他們是狠了一點，但那是為了保護我們啊。」戈羅說。

阿米轉身對我說：「你不是想知道契阿當局掩飾真相的原因嗎？我對戈羅的回答可以幫助你弄明白。」接著，他對戈羅說道：「戈羅，你錯了。他們很清楚我們的真實意圖，知道我們的目的純粹是為了教育和改造人心；但是，他們滿腹懷疑，滿心偏執，無法相信如此美好的事情會是真實的。他們自認是宇宙中最優秀的民族；因此，他們跟你一樣，以為我們所做的一切都可能是偽裝的。另一方面，由於他們已經掌握了一些我們高科技的發展動態，害怕別的國家搶先取得我們的技術；所以，他們不和任何國家分享情報，聲稱外星人根本不存在。事實上，他們祕密地搜尋一切線索。」

我們逐漸明白契阿當局的意圖了。

「戈羅，您的醫生朋友要在很長一段時間裡受苦了；很難說他是不是還能回家，也不知道他的身體狀況是否承得了。因為對於契阿星球上最有權勢的國家當局來說，有關外星人的事是最高機密，而該國的秘密警察與政府有關當局是密切合作的。但大家不曉得的是，情治部門比秘密警察獲得的情報要多得多。喂，弟兄們，放映一下沙漠下面飛機庫地道的情況。」

牆壁上又出現了明亮的螢幕。我們隨著鏡頭，沿著一條條兩旁站滿了武裝警衛的走廊前進，穿過許多道大鐵門，最後走進一個彷彿是恐怖博物館的大房間。在那些玻璃櫥窗裡，擺放著好幾種被浸泡在化學藥劑裡的外星人屍體。有些甚至是凍結過的。我們還看到一些飛船的殘骸、各種文字的書籍和手冊、外星人服裝和一大堆稀奇古怪的殘破儀器和機械零件。接著，螢幕關閉了。

這時，戈羅癱倒在沙發上，現在他對真實情況已經沒有任何疑問了。

阿米繼續說道：「我們也不是萬無一失的。有時，我們的飛船會出毛病，甚至發生致命的事故；有時倖存者會被他們活捉和嚴刑拷打。因此，他們很早以前就知道我們在契阿有推動文明的計畫；但是，他們當然想不到這計畫有多好。」

不過，文卡的姨父顯得困惑不解。

「戈羅，咱們分析一下你的處境吧。如果祕密警察知道了你的身分，你們要想回家過正常生活就不大容易了。你明白這個意思嗎？」

「可是，我什麼也沒做啊？」

「或許沒有。但是祕密警察不知道這個，他們只知道你可能是一條線索，能幫助他們了解更多外星人的事情；因此，如果你落到他們手中，很可能被嚴刑拷打，或是以你的妻子與外甥女為人質，逼迫你交出情報來。」

戈羅低下頭沉吟片刻，接著抗議道：「都是你們把我的生活給毀了！」

「不對。這都是你自找的。我早就提醒過你，千萬不能對外洩漏這件事，可是你硬把心理醫生拉了進來，而且沒有說實話。你撒了謊，讓醫生以為一切都是文卡的胡思亂想，其實您早就知道真實情況。另外，你極力要破壞外甥女純真的思想感情，讓醫生給文卡洗腦，逼得我們不得不介入保護文卡。這樣一來，事情變得複雜起來，引起祕密警察的注意。最後，我們到了這裡……」

「因果報應啊，因果報應啊……」克拉托說道。

儘管阿米說了這番話，戈羅仍然不覺得自己有錯。

「你們根本不應該干涉我外甥女的生活！」

「戈羅，你冷靜點！如果你好好讀一讀文卡寫的作品，不難明白她一心嚮往從事文學創作。你不應該阻礙她的志向和感情。」

文卡來到我身邊，我們親熱地擁抱在一起，忘記了周圍的一切。每當我們互相擁抱的時候，就把全世界的一切拋在腦後了。

看到此情此景，克羅卡拿出手帕來，她已經感動得熱淚盈眶了。

「他太小了，不過看起來是個好孩子……」克羅卡的話觸及了我致命的弱點……

戈羅再次低下頭，語帶哽咽地說道：「我只想保護她，你們應該理解我的心情！我完全沒有心理準備，很難一下子接受這麼多超乎我想像的新事物。」

這句話打動了我。文卡跑到姨父身旁，撫摸著他手臂上長長的毛髮。阿米對戈羅解釋說：「本來我希望事情慢慢進行，讓您逐漸明白真相。可是文卡太衝動，說溜了嘴，事態開始一發不可收拾。不過，戈羅，別洩氣！我們埋伏在祕密警察總部的工作人員正在調查祕密警察是否已得到關於你們的情報——幸運的是目前他們什麼都不知道。你們很快就可以回家過正常生活了。」

這句話似乎令戈羅振作了一些，他的眼神微微發亮。

「這……這可能嗎？你們怎麼知道祕密警察有哪些線索？」

「喂，弟兄們，目前情況如何？」

「祕密警察正在診所、押送你們的汽車，和拘留你們的牢房裡收集指紋呢。」

「這個國家有關指紋的法律規定是什麼？是不是像文明發達國家保護公民權益那

樣，僅僅採集罪犯的指紋？」

「不是。這裡的每個公民在辦理身分證時都必須建立指紋檔案。」

「該死的檔案！」

「不過，我們派駐在祕密警察總部的工作人員已經刪除了這對夫婦的檔案。」

「萬歲！」大家都歡呼起來。只有戈羅例外，當然啦。

「徹底解決問題了：祕密警察沒辦法知道你們的真實身分了。」

我們興奮得大聲歡呼，彼此擁抱。但是，戈羅沒有露出快活的樣子，雖然他已經平靜了許多。他擁抱了克羅卡和文卡，甚至在某個瞬間還微笑了一下；隨後又恢復了往日古板的模樣。

§ 第二部 §

6 我的外星爺爺？

我們的特里朋友說：對文卡的姨父母最不利的條件就是他們倆是特里和斯瓦瑪的結合；這對調查人員來說省事不少，可以大大縮小搜尋範圍。他們先在戶籍檔案裡篩選出所有特里與斯瓦瑪通婚的夫妻資料，然後深入調查；如果把寫太空飛船作品的小姑娘與這類夫妻的資料相互比對，那就不妙了。幸好，潛入到祕密警察內部的朋友透過一些專業人士的協助，已經先把文卡姨父母的資料從戶籍檔案上刪除，等到調查結束以後再復原。

惡夢結束了，大家都非常高興。只見戈羅和克羅卡不知不覺又睡著了。這時，揚聲器裡傳來特里朋友的聲音：「離開這個基地以後，我們再叫醒這對夫妻。」

兩位特里朋友走進房間，把那對夫妻抬放到擔架車上，然後運送上飛船，安置在指揮艙的沙發上。我們與特里朋友道別，再三感謝他們的幫助，目送他們走下飛船，接著動身向文卡家出發。飛船輕鬆穿越大山的岩層，彷彿在煙雲之間穿梭。

我們剛剛離開沙亞—撒林，文卡的姨父母就被喚醒了。阿米沒有給這對夫妻做什麼解釋，他們也沒有提出疑問。突然置身在太空飛船上這件事本身就很有說服力。

第一次坐飛船旅行讓克羅卡十分興奮，她一刻也不離開舷窗。但戈羅卻說，這跟坐飛機沒什麼兩樣，他對窗外的景致不屑一顧。這傢伙的童心已經完全泯滅，毫無情趣可言，白白錯過了阿米精心安排的穿山越嶺以及潛入深海的奇妙體驗。

「你們別再浪費時間了，我想早點到家。」這是戈羅看到一群可愛的海豚在舷窗外戲水時唯一的評論。

不一會兒，我們六個人：阿米、文卡、克羅卡、戈羅、克拉托和我，已經舒適地坐在文卡姨父母的客廳裡談話了；而飛船則隱蔽在房子上空。

戈羅和克羅卡聽了我和文卡在阿米身邊經歷的許多故事，以及多麼希望能一起到地球生活。可是死腦筋就是死腦筋，無論怎麼說，戈羅都不為所動。

「好吧，好吧，我接受你們讓我看到的某些事物：比如，高科技的飛船；我也贊成你們的看法：契阿當局不信任民眾，只對發展軍備、增強國力感興趣。但是，所謂愛情，還有其他事情，還得再商量。不過，好吧，我努力把這杯苦酒吞下去就是了，因為似乎連克羅卡都不站在我這邊……我不明白為什麼這兩個孩子不能再等幾年呢？等到長大成人不行嗎？雖說兩人是什麼『知己』、『知音』……」他以諷刺的口吻強調：「假如那荒唐可笑的事情是事實的話……」

「您願意一年裡只有一天能見到克羅卡姨媽嗎？」文卡問姨父。

「這……這……當然不行。但是情況不同，我們都是成年人啦。好吧，我能容忍的最大限度——這可是大大破壞了我的原則——就是這個弱不禁風的小娃娃（又在挖苦我）放假期間可以來我家住，但是要給他做個手術，讓他變成特里或者斯瓦瑪人。你們不是說已經研發出改造外表的高級技術嗎？想必不難在他那可笑的圓耳朵、黑眼睛和黑頭髮上動手腳。如果他來我家，我會在院子後面那間工作室裡放一張床，不會讓他們倆單獨在一起。我是講道德、守規矩的人。」

他對我如此不放心，真令我不舒服。

阿米插話說：「遺憾的是，我們的寶貴時間和高科技並不是為了奉獻給太空旅遊或者戀愛。每回銀河系當局同意我與他們接觸，都是基於教育的目的，一切都是在計畫規定之內。制定計畫的兄長比我的水平要高出許多；所有的接觸都與促進星球進化有關係，而與個人感情問題無關。就算我願意，銀河系當局也不允許我牽線搭橋，帶著一對戀人漫天亂飛啊。」

這番話讓我領悟到，我和文卡的感情將不會得到「高層」的協助。我心裡想，「高層」只關心星球上全體人民的生活。

阿米說：「我沒有時間讓你們了解這個計畫的詳細內容。咱們得先討論一下如何解決他們倆分隔兩地的問題。但是這件事不屬於宇宙計畫的範圍，是私人問題。」

文卡面帶懷疑、驚訝和嘲諷的神情問道：「難道制定這個計畫的銀河系當局就不在乎我們倆的痛苦嗎？當局讓我們相識、相愛、寫書，然後就把我們倆拋在一邊，對我們倆破碎的心無動於衷？」

「事情是這樣的：銀河系當局知道你們倆注定會相遇，無論在今世還是來世。對於『高層』來說，他們生活在非常接近永恆的層面上，所以我們所謂的『一輩子』，對他們來說只有一個星期的時間那麼短暫。」阿米十分平靜地說。

「當然啦，既然他們那麼『高尚』，應該設身處地想想我們的程度，尊重我們的時間觀念……」我諷刺道。

「他們知道依戀和急躁是違背理智的，也是不尊重別人的。」阿米非常嚴肅地注視著我。這讓我感到不快。

「好吧，我請求原諒。」

阿米接著說道：「像你們這種為宇宙效力的人員，按道理說，應該對永恆層面有較高的覺悟，應該比較淡泊有耐心。問題是你們年紀太小，還不會與自己的內心世界溝通。但是，將來你們會看到內心真正的本質是講求耐性、充滿智慧、善解人意，是富含感情的。那種高尚的感情使你能夠跟自己的知己保持心靈的接觸，即使遠隔千山萬水和遙遠的時空。但是，對你們倆來說，光是這些還不夠……」

「當然不夠。阿米，因為我現在還沒有到達那個境界，」我懊惱地說道：「所以我需要文卡在身邊。」

「我也需要彼德羅！」她支持我的要求。

「正因為如此，我們才努力要讓妳姨父的心腸軟下來。」

大家都看著戈羅，希望他改變立場。可是，他卻採取防守的架勢。

「你們不如打消這個念頭！我絕對不會同意文卡沒有我的監視，一個人跑到別的星球上去。只要她還沒有長大成人，你們就別打這個算盤吧！沒什麼可說的了。

「我答應讓這個孩子來這裡度假就已經做了許多讓步。要是他來不了，那不是我的事情。我已經盡己所能，其他的我就放手不管了。現在我想好好休息一下，這兩天是我這一生中最糟糕的日子。天已經晚了。文卡，回房間睡覺去吧！你們已經破壞我跟政府當局之間的關係，我可不想冒著生命危險在我家接待外星團體的來訪。晚安，先生們。很榮幸認識你們！希望永遠別再見到你們了！」

如此粗暴無禮的一番話讓我感到憤怒而失望。阿米也生氣了，儘管他極力保持友善可親的態度。

「戈羅，請等一下。暫時不談感情問題，不過我得帶文卡和彼德羅去看幾個地方，好把這些題材寫進書中。我明天一早來接文卡，可以嗎？天黑以前會把她送回來。」

「我說過：這件事到此為止，到此為止！永別了！文卡，睡覺去！」

文卡絕望地看我一眼。戈羅強迫她向臥室走去。我感到心都碎了。阿米要我保持冷靜，他說回到飛船上想辦法去。他輕輕推著我們向黃色光柱走去。這道光柱剛剛就投射在客廳中央，我們就是順著這道光柱從飛船上下來的。現在，我們穿過屋頂回到隱藏在屋子上空的飛船上。

「這傢伙真沒禮貌，也不請咱們喝一杯，連一片小餅乾都不拿出來。」克拉托抱怨道。「彼德羅，你奶奶的點心放在什麼地方？啊！在這裡……真香真好吃！總算還有點心塞塞牙縫。哎呀，幾口就吃完了。肚子好餓啊！」

「現在怎麼辦？」我的語氣充滿抱怨。阿米的神情看起來已經不那麼樂觀了。

「咱們去我的茅屋喝酒吃好菜，心裡就舒坦了。」克拉托舔舔嘴唇說道。

「阿米，現在怎麼辦？」我固執地追問道。

在此之前，我從來沒有看過阿米這麼不開心、這麼絕望，就像我們平常人一樣。我幾乎有些後悔，不該對他施加壓力；但是，我深愛文卡，我害怕這一生永遠失去她，這樣的擔心超過了我對可憐的阿米的敬重。

「怎麼辦啊？阿米！」

「我不知道！！！」他失控地怒吼，坐在沙發上望著地板。

他的吼叫讓我渾身發涼。我明白阿米不是神。我記得他說過，他們有時也發生事故，也會有人犧牲生命；有時事情進展也不順利。看來今天就是其中一個不順利的日子。有什麼解決辦法嗎？沒有。戈羅固執、嚴厲、毫無商量的餘地。阿米早就提醒過我們，而且他的電腦早就作過分析了。

這時，克拉托突然冒出一個點子來，他說：「殺掉戈羅怎麼樣？你肯定有致命的射線。咱們把他碾成粉末，那就皆大歡喜了。」

阿米狠狠地瞅了克拉托一眼，不發一語，但是這就足夠了。克拉托瑟縮成一團，好像只有一隻螞蟻那麼大。但是，過了一會兒，阿米似乎有靈感了。他掩不住興奮的神情：「我真是忙糊塗了，竟然忘記了現在最應該做的事情……唉，我真笨……可能是進化水準不夠高……」

「阿米，咱們應該做什麼？」我們滿懷好奇與期盼地注視著他。

「當然是請求神幫助我們啦！」阿米的語氣十分激動。但是，這句話並沒有打動我和克拉托。阿米明白我們的信仰還沒有達到他的層次。

「唉……」我們倆無可奈何地嘆息一聲，彷彿不認為遠水救得了近火。

「嗨，」阿米見我們意興闌珊，洩氣地說：「在你們的星球上，一定要藉由恐怖手段的刺激才能讓你們相信神真的存在，還真有道理。」

「你說什麼？」

這時，飛船開始劇烈地晃動起來。

「機械故障了！咱們要墜機了！」阿米喊道。

我在驚慌中大聲吼道：「阿米，咱們怎麼辦哪？」我牢牢抓住座椅，害怕自己撞上旁邊的儀器。

阿米面帶恐懼地說：「沒辦法！完全束手無策！」

我明白我的生命就要結束了；因為我們距離地面只有幾百公尺的高度。從舷窗可以看到烏雲正在飛快地上升，表示飛船正在急速下降。外星飛船空難就要發生了……

我閉上眼睛，開始祈求神讓我最後的時光不要太痛苦；祈求神照顧奶奶和文卡；並讓我們倆來世仍然生活在一起。

克拉托也在大聲地禱告：「懇求您照顧特拉斯克，並請您派人照顧我的果園……」

這時，我聽到一陣嘻嘻的笑聲，接著飛船似乎停止下墜了。我睜開眼睛，看到阿米滿面笑容地望著我們。

「原來你們只有在死亡的危險逼近時才想起神啊！」

這時我們才明白根本沒有什麼空難，不過是阿米的一場惡作劇。

「你們只有遇到恐怖危險的事才會向神求助，風平浪靜的時候就完全忘了祂。」

我們不敢反駁，因為阿米說的都是實情。

「好啦，雖然已經脫離死亡的危險，也不要遠離神。懇求神幫助咱們吧！」

阿米領著我們走向位於後艙的靜修室，裡面只亮著一盞小燈。

我和克拉托跪在地上，阿米則站在一旁，神情十分專注。

我開始向神祈求。這時，胸口突然一陣劇痛：是文卡在哭泣！我的腦海中立即浮現她的身影。我看到她趴在床上嚎啕大哭，戈羅和克羅卡在旁邊極力安慰她。我急忙站起身。

「阿米，文卡在嚎啕大哭！我看見她了！我看見她了！」

「有可能是真的。咱們從監視器裡看看。」

我們離開靜修室，向指揮艙跑去。阿米開啟螢幕。果然，文卡哭得聲嘶力竭，幾乎要昏厥過去。克羅卡也在哭泣，一副不知如何是好的模樣。戈羅的表情完全變了，顯得十分害怕。我可以猜出，他的思想在左右拉据；既覺得自己的決定是正確的，又不願外甥女過於傷心或作出傻事。

「這樣也未嘗不好，」阿米的眼神之中有一線希望之光。「說不定可以藉此打破戈羅的鐵石心腸。」

「可是文卡會過度傷心啊！」我絕望地喊道。

「她不會有危險的。現在讓戈羅承受這種心理壓力未嘗沒有好處。」

「文卡，好啦！不要再鬧了！」戈羅不耐煩地吼道。文卡扭過頭看著戈羅，銳利的眼神有如錐子一般。

空氣中似乎出現一個巨大的問號，這個問號即將帶來的是希望還是失望呢？

「好啦，親愛的文卡……」

「我可以去地球了嗎？」

「別傻了！」

「哇——！」

「別哭了！妳要一去不回頭，我是不允許的。但是可以跟阿米去看看他要展示給你們看的東西，然後就乖乖回來。」

這番話讓我們吃了一驚。雖然戈羅還沒有完全首肯，但是總算做了讓步。

「看見沒有？神幫助咱們了。每次都很靈驗。」

克拉托高興地喊道：「這給我們提供了時間。」

「當然啦！」我附和道。

「提供時間幹什麼？」克拉托問道，彷彿剛剛那句話不是他自己說的。

「為了……為了能多花一點時間跟她在一起……也為了……也為了看看事情會不會有轉機。哎喲，我哪知道是什麼！」我說。

「為了我們可以去應該去的地方；也為了幸運的話可以說服戈羅。」阿米說道，他的神情很興奮。

克羅卡笑了；並不是因為有什麼好的解決辦法，而是因為至少小姑娘不再哭鬧了。

「姨父，您答應啦？」文卡的唇邊露出了微笑。

「是的。不過有個條件。」

「什麼條件？」

「這……不要跟那個地球小孩幹不道德的事情……」

文卡笑了起來。我在螢幕前也跟著笑了。我們還沒有打算做那件事。但是，我想過應該等到時機成熟──像是結婚以後──再好好考慮這件事。我認為這對她來說也是非常重要和值得遵守的規矩。後來證實她的想法和我一樣──當然，我們是知己嘛。

「我答應。」她走到姨父跟前，在他的面頰上親吻了一下。

大家都鬆了一口氣。飛船上和文卡家裡同時傳出笑聲。

「謝謝您，戈羅。文卡，明天我在老地方等妳。晚安。」阿米通過麥克風說道。

我有時不免會想：一個地球男孩和一個契阿女孩能不能發生親密關係呢？或許契阿星球人的生殖器官和我們不一樣，有可能連位置也不同……誰知道呢！最近關於這個問題，我已經有了一些知識。不只是從課堂上學到的，朋友之間也不時傳閱一些雜誌，或是講一些相關的笑話和故事。我已經不再像從前那麼單純了，但是，我面對這件事情的態度仍然十分慎重。

我決定小聲問問阿米，因為怕克拉托取笑我。但是阿米早就察覺我的念頭了。

「可以結婚，但是你們兩個人的遺傳基因得重新適應過，所以無法孕育下一代。」

「阿米，誰不能生育？」克拉托問道。

我們倆都沒有理睬他。我在心裡繼續問阿米：「你能幫助我們解決這個基因適應的問題嗎？」

「你想要生小孩？」

「我？呵呵呵。要兒子，必須先有老婆。呵呵呵。」

「當然啦。我將來想要和文卡生小孩。」

「那得看戈羅的決定。」

「什麼？戈羅那傢伙有什麼資格干涉我的私事？」克拉托以為阿米在跟他說話呢。

「如果她姨父同意了，你可以替我們解決那個遺傳基因問題嗎？」

「傳播愛心的使者工作很繁重，沒有什麼時間照顧小孩。」

「我是使者？啊，沒錯，你這個小孩講話總是愛做比喻。」

「阿米，我明白。可是和心愛的人擁有愛的結晶，不是很美好的事情嗎？」

「如果世界上沒有一個孩子會飽受饑餓之苦，那就更美好了。世界上需要更多的愛心；為此，需要愛心使者加倍地奉獻。」

「阿米，你說得對。既然我已經加入這個任務，就有責任。要是我發現自己在這項任務中能有哪些貢獻的話，我一定會去做的。說著說著就餓了，咱們能上我家去嗎？」

「還是去地球吧！我剛剛收到一個訊息：彼德羅的奶奶為我們準備了晚餐。」

「呵呵呵。那一定有好吃的東西啦！真是個可愛的老太婆。太空娃娃，咱們快去吧！呵呵呵。」克拉托興奮得摩拳擦掌。我不禁感到嫉妒起來。我意識到這種情緒，便告訴自己不該干涉奶奶的感情生活。於是我的心情平靜下來了。

「好啊，彼德羅，做得好！」阿米高興地說道。

「謝謝你，阿米。我只希望奶奶別激動得亂灑調味料……」

這時，我突然想起在靜修室裡看到文卡哭泣的情景。於是我問阿米：為什麼我在心裡能看到文卡？

「因為愛心把你們倆連接在一起了。面對如此強烈的感情羈絆，當情況危急的時候，我從前告訴過你們的那種情感就會活躍起來。你們看！咱們到了。」

飛船隱身在我家海濱小屋的上空。太陽剛剛下山，時間還早。

我們三人降落在花園前庭的暗處。敲門之後，奶奶來應門，先是看到我一個人。

我給老人家戴上了翻譯通耳機，讓她能聽懂克拉托的話。她跟阿米談話用不著翻譯，因為阿米能說西班牙語——雖然腔調有些怪異。接著，我給阿米和克拉托打了手勢，他們倆才從隱藏的地方走出來。於是，奶奶看到了三張笑逐顏開的面孔。

克拉托真是個莽撞的傢伙。他手裡拿著一朵紅玫瑰——看來他是趁我們不注意時從花園裡摘下的——走到我奶奶身邊，大聲說出肉麻

兮兮的開場白：「我穿越宇宙，來尋找我一生的愛情！」說著，他為奶奶獻上鮮花，笑得露出了牙齒。奶奶並沒有被這魯莽的舉動嚇壞；她神情愉快地望著克拉托，收下紅玫瑰說道：「多謝，您太客氣了。請進，請進！我現在明白神是地球人的神，也是外星人的神……」

「當然啦，奶奶。」阿米說道：「神是整個宇宙萬物的創造者。」

「因此神才會實現我這個願望。」

我們一面走進客廳，我一面問道：「奶奶，您說的是什麼願望？」

「我盼望你們能來和我共進晚餐。假如神只是地球的神，那麼只有彼德羅有可能回來，因為神管不著阿米和克拉托先生……可是文卡沒有來，是家裡不讓她出來嗎？當然，她還是個小姑娘呢。」

說著，她望著天空低聲禱告：「聖西里羅啊，你答應滿足我的願望還缺少一部分。你應該兌現啊！你從來說話都是算數的，不知道這一次是怎麼了……」

「奶奶，這事不是跟神有關係嗎？」

「對啊。可是聖西里羅就如同我跟神談話用的電話機。他說話可靈呢……。」

「奶奶，您為什麼不直接跟神交流呢？」

「不行啊。神很忙的，不能麻煩祂為一個老太婆的區區小事接電話。聖西里羅住在神身邊，他知道什麼時候去找神才不會打攪他，然後把我的願望講給神聽。」

阿米說：「好吧。每個人都有他認為比較恰當的規矩。但是，我告訴您，親愛的夫人，神有一台電話總機，可以直接且同時接收宇宙間每個靈魂的呼喚。」

「阿米，這我知道。但是，也應該給聖徒和天使一些工作，不是嗎？要是咱們不給他們工作，可憐的聖徒和天使會覺得自己派不上用場……」

阿米聽了哈哈大笑起來。克拉托點點頭似乎頗為認同奶奶的話。

「親愛的，您說得完全正確。美麗的夫人，您尊姓大名？」

「里拉。但是，朋友們都叫我里里。」

「里里！多美的名字啊！可愛的里里，您沒有什麼可以提神的東西嗎？」

「哦，有的。您要《聖經》？」

我和阿米笑得要命。我告訴搞不清楚我們在笑什麼的奶奶：克拉托指的是飲料。

「哦，有，當然有！我給克拉托先生準備了葡萄酒，還有……」

「里里，您就叫我克拉托好啦。如果不麻煩的話，那就給我……」

「好的，克拉托。你們倆要蘋果汁吧！馬上就來。」

奶奶端著托盤回來，上面放著兩個普通的杯子，斟滿了果汁；另一個非常精美的酒杯裡裝著紅葡萄酒。

「克拉托，希望您會喜歡這一款酒。」

「噢，當然。只要是您挑選的我就喜歡。多神奇的顏色！我來嘗嘗地球上的酒味道怎麼樣……」

他端起酒杯聞一聞，很開心地說道：「喔，這酒真好，味道非常香醇。要是有『卡拉波羅』肉可以下酒就更完美了。這是用水果釀的吧？」

「是的，克拉托。但是現在你的『星際酗酒之旅』已經結束了。」

但是奶奶慫恿克拉托：「再來一小杯雪利酒當開胃酒吧。」

「不，奶奶，他現在喝的就是開胃酒啦。」

「好吧。吃完飯之後，再來一小杯薄荷酒幫助消化。」

「她讓一個沒牙的可憐特里老頭感到幸福……漂亮的夫人，您打算再婚嗎？」克拉托顯得神采奕奕。

「如果有合適的對象，可以考慮。」奶奶說著眨眨眼睛。

他們兩個人都一大把年紀了，卻還像年輕人似的互通款曲，讓我覺得很滑稽……

「奶奶，您都這麼老了……」

阿米插話道：「彼德羅，你覺得他們很老，那是因為你還太小。其實奶奶還很年輕呢。」

「奶奶，您多大年紀？」

「這……就要五十啦。」

克拉托吃驚地喊道：「我將近五百歲啦！」

阿米連忙向兩位老人解釋地球和契阿之間的時間換算關係。換算後得到的結果是：克拉托將近六十歲了，我奶奶則是五十歲。

「克拉托，我原來估計您至少有七十歲。」我感到很驚訝。

「你太天真了。彼德羅，你多大了？」

「十二歲。」

「有這麼大！我以為你最多八歲……」

這句話讓我氣不過，我斜斜睨了克拉托一眼。

「大家到餐廳去吧！」奶奶來打圓場了。

走進餐廳，我以為走錯了地方呢。一桌豐盛的宴席出現在眼前：雪白的花邊桌布、精緻的酒杯、繡花餐巾、蠟燭、鮮花，一整套各種顏色的大盤小碟。我不得不佩服奶奶強烈的信念；雖然她不確定今天晚上除了我之外會有多少人來，還是很有把握地準備了滿桌子豐盛的菜餚……而她的祈禱也真的靈驗了！

「親愛的里里，這裡擺設得多美啊！」

「謝謝，克拉托。理當如此。不是什麼人都有機會接待外星客人的。嗯，烤雞應該出爐了！」

「烤雞！」阿米驚呼道：「奶奶，您總不會要我野蠻地吃肉吧？」

「阿米，我給你準備了生菜沙拉。」

「謝謝您。可是我同樣得忍受這個殘忍的場面……你們願意看著自己的同胞被刀叉切割嗎？」

「阿米，烤雞不是同胞！」

「但是，對我來說，雞是我們的同類，而我面前的烤雞就是一具屍體。你們就是吃屍體的人們。好啦，我不應該讓你們掃興。但是，如果我沒胃口，你們也別怪我。」

「太空娃娃，就像你經常說的，不用擔心！這些小動物非常善良、非常樂意奉獻。讓我們吃掉，它們會感到很榮幸。呵呵呵。」

「如果要割下你身上的肉給某個神仙吃，你會高興嗎？」

「當然高興！給神仙吃掉總比被蟲子吃了好吧！那可是一件很幸福，很光榮的事呢！」克拉托嘿嘿地笑了。

大家落座以後，克拉托剛拿起烤雞腿，阿米說道：「如果我們不希望以後沒有食物吃，應該先感謝神！」

「主啊，感謝您賜給我們食物，阿門！」克拉托急急忙忙說了一句，立刻對準雞腿咬了一大口……只聽到「喀嘣」一聲，接著是一聲「哎喲」的慘叫。

「這裡面有石頭！我的一顆牙折斷了！」

「這是你沒好好感謝神的緣故。」阿米調侃他。

「克拉托，那是骨頭。我們只吃外面的肉。」

「不！」阿米扭過頭去：「別說那些細節了！」

這頓晚餐讓我有一種神聖的感覺，因為好多事情都是第一次發生；像是阿米第一次在我家吃晚飯；另外一位外星人——雖然進化水準不高——也是第一次來我家；我奶奶第一次全面進行「星際接觸」，而且看來充滿浪漫色彩。這是一個愉快的慶祝晚會。可惜文卡不在場……為此，我心裡有些惆悵。不僅如此，由於戈羅的態度十分冷漠，使我們的未來充滿變數……

阿米知道了我這時的想法，他把事情的原委講給奶奶聽。

「你們要有信心，一切都會順利解決的。這樣吧，明天我就在那個空房間裡給文卡安排床鋪。」

聽了奶奶這番話，想到可以和心愛的人一起生活，我不禁產生各種甜蜜的幻想。但是，由於幻滅與失望更令人痛苦，我寧可少作一點夢。

「奶奶，您別抱那麼大的希望。您不了解戈羅……」

「我不了解他。但是，我了解神。我知道神安排了這些障礙，要考驗你們的信心和毅力，這對你們是個磨練和考驗。我知道一切都會解決的。他沒有那麼殘忍，他現在不讓你們在一起，是為了以後更長久的相聚。當神讓人感到口渴的時候，必定會在他的附近安排一處水源……」

這時，阿米腰上掛著的一個儀器「嗶嗶」地響了起來，打斷了奶奶的話。

「緊急情況！」阿米驚慌地說道，一邊回答：「請說！什麼?!……什麼時候?!我們馬上過去！」

「發生什麼事情？」大家都很緊張。

「上飛船吧！」

「發生什麼事情了？」

「祕密警察到文卡家裡，把三個人都帶到一棟鉛板大樓裡了。」

「哎呀！」

「我的天啊！」

我想我要是歲數大一些，肯定會嚇出心臟病。

「怎麼可能呢?如果沒有人知道他們已經回到家的話……」

「事情很不湊巧，」阿米一邊解釋一邊啟動遙控器，黃色光柱隨即出現。「昨天，到心理醫生診所去逮捕文卡姨父母的警察當中，有一個就住在戈羅工作的藥房附近，當他回想起曾經在什麼地方見過戈羅之後，便帶人去藥房進行調查，然後趁著三個人還在睡夢中就把他們逮捕了。不過，不必太難過!我們有辦法營救他們。」

「確……確定嗎?」

「絕對確定。不必擔心!相信我吧。咱們進入光柱!」

「阿米，我呢?我也想幫忙……」奶奶說道。

「用不著。您放心待在家裡吧!」

「我留下來陪她吧。」克拉托趁機提議道。

阿米想了一下說:「好吧。可是不確定我們會耽擱多少時間。」

現在我知道阿米不是萬能的超人，我明白永遠回不來的可能也是有的……

阿米繼續說:「我不希望這裡有人發現你的尖耳朵，然後去報告警察。這種意外絕對不能發生!你到飛船上來一下，我替你改造改造。」

「好哇！」克拉托很高興，可是我心裡卻擔憂著文卡的命運。好在我對阿米非常信任，讓我不至於絕望到底。我也很想看看那位契阿老人會被改造成什麼模樣。

阿米對奶奶說，我們十分鐘以後回來。隨後我們三人就上了飛船。阿米打開電腦，克拉托的面孔出現在一個三度空間的螢幕上。

「嘿，那傢伙長得很像我，不過比我老多了。」

「克拉托，這就是你。你看起來就這麼老。」我提醒他。

「噢，太空娃娃，趕快換掉我這張衰老的臉皮吧！」

阿米開始對著電腦下達口令。

「套上地球白種人的模型！」阿米一聲令下，螢幕上的面孔立刻具備了地球白種人常見的外貌特徵。這張臉仍然是克拉托的，但是被「地球化」了。

「克拉托，你喜歡這張臉嗎？」

「喔，再年輕一些行嗎？」

「我不能擅自決定。讓我請示一下宇宙當局。」

阿米按動幾個鍵鈕，螢幕上出現一些符號。

「得到批准了。」

「太好了！」

「我想當局是因為同情……」

「同情我？」

「不是，是同情彼德羅的奶奶——一個醜老頭恐怕配不上她。哈哈哈。」

「真有意思。好吧，把我這張漂亮面孔上的皺紋拉平吧！太空娃娃。」

「去掉皺紋！」阿米下令道。螢幕上的臉孔明顯變得光滑了。

「對，對，請繼續……」

「只能這樣了，克拉托。」

「真摳門！再把我的白頭髮染上顏色吧！」

「你的意思是黑色吧？」

「是啊！不過，在這台機器上看起來卻像別的顏色。」

阿米下令：「把頭髮變成黑色二度！」白頭髮微微變成灰黑色了。

「你就不能染成五百度嗎？」克拉托並不滿意。

「這樣就夠啦。現在讓你的眼珠變成天藍色……停！好極了。就這樣吧。」

克拉托轉眼之間就成了螢幕上的模樣——看起來像個保養得宜的五十歲老先生。

「阿米，這個手術不會讓我感到疼痛吧？」

「克拉托，你已經改造完成啦。照照鏡子吧！」

「哇！呵呵呵。可是看起來不可笑嗎？」

「不可笑，克拉托。看起來很不錯。」我安慰他說。

「以後我給你找一些地球人穿的衣服。」阿米對他說。我們三人回到屋裡。

奶奶很喜歡克拉托改造的成果。

「克拉托，你變得年輕又帥氣啊！」

「呵呵呵！他們把能改的都改了！親愛的里里。」

「現在，我和彼德羅要出發了。」

「喂，阿米，到了契阿時順便看看特拉斯克，它一整天沒吃東西了。」

「好吧。不過我們說不準什麼時候會回來……」

「我知道你們能把文卡帶來的，而且就在今天晚上。聖西里羅對我說話從來算數。

所以，孩子們，要有信心！我等著你們帶文卡回來吃晚飯！」

阿米很感動，可是他不想讓奶奶失望。

「奶奶，您說得對。不過，假若我們耽擱了一、兩天，或者更多的時間，您也不要擔心。神與我們同在，祂會保佑我們的。即使多耽擱了一會兒，我們一樣會回來的；帶著文卡平安地回來。」

「我一點也不懷疑。但是……我希望你們今天晚上就回來！」

「奶奶，一定！」我們裝出自信和樂觀的樣子，因為我們都清楚實際情況恰好相反。這一趟途中可能充滿危險，但是誰也不願增加傷感的氣氛。

彼此擁抱道別時，大家都流下了眼淚。

7 祕密警察總部

在返回契阿途中，阿米不斷與潛入祕密警察局的朋友們聯繫，最後告訴我：目前沒有人能暗中幫助我們；因為心理醫生的案件發生後，祕密警察採取了最嚴密的防範措施。所有警察都必須嚴守自己的崗位。

「彼德羅，這件事只能靠咱們自己努力了。」

「好呀，兩個小孩子要對付契阿星球上最陰森恐怖的祕密警察部門……」

「但是，咱們一定要成功！是不是？彼德羅。」

「沒錯！你有什麼計畫呢？」

「我潛入祕密警察總部的地窖裡去，把文卡和她的姨父母救出來。你留在這裡駕駛飛船。」

我覺得他好像在說夢話。

「對不起，阿米，你別異想天開了。進入地窖後根本不可能活著出來；更何況你還得帶著文卡、戈羅和克羅卡。」

他並不回答，開始教我一些操控飛船的技巧；比如，使飛船現身或隱形、前進後退、上升下降、投射黃色光柱、啟動監視器觀察阿米的動靜、操作定向麥克風以及其他各種設備。因此我敢說，地球上一般飛行員開的飛機，簡直像是小孩子的玩具。

阿米看到我學得很快，十分滿意。

「好了，我不在的時候，你就可以自己駕駛飛船了。不過，彼德羅，我希望你耐心地等待，必要時啟動黃色光柱。如果一切都能按照計畫順利進行，只要等一個多小時就行了。」

這時，我心中掠過一絲陰影：「阿米，萬一你回不來呢？我怎麼回地球去呀？」

「哈哈，不必擔心！不會發生這種事的。」他極力顯示出充滿信心的樣子，但是沒能說服我。我知道發生悲劇的可能性是有的；雖然我明白最好保持高昂的鬥志和積極樂觀的精神，不要認為一定會碰到壞事情，但我還是知道有可能會發生不幸。

我們到達了祕密警察總部。飛船就隱蔽在關押文卡和她姨父母的那棟房子上空。

「彼德羅，這棟建築物是用鉛打造的，咱們的振波無法穿透這麼厚的金屬，因此也就無法用監視器觀察文卡他們，更不要說用電子運輸法把他們三個營救出來了。」

「這樣一來，我就看不見你在下面工作的情況了……」

「是的。但是我有這個東西。」儀表板上鑲嵌著好幾個鍵盤，他說著便把其中一個掀起來。下面有個抽屜，裡面放著一根外表像自動鉛筆的細圓棒。他取出圓棒，放在手掌上，用大拇指輕按一下頂端。於是，金屬棒變成一個發光體，好像一輪金光四射的小太陽。

「好漂亮啊！阿米，這是什麼東西？」

「這是一種武器。」

「武器？你們竟然使用武器！」

「當然。我們有時也需要自衛啊！我們常常來不及使用催眠術，尤其是一群野蠻瘋狂的人突然蜂擁而上的時候。」阿米露出頑皮的微笑。

「這就是你到了地窖以後可能會碰上的情況……」

他沒有說話，而是把金屬棒對準了我。金屬棒尖端射出一道金光，觸碰到我的胸膛。我感到有股暖流通過全身，然後心中便充滿一種平靜的幸福之感；此外還覺得生命無限美好，沒有恐懼也不須爭奪。我看著阿米，深深覺得他是世界上最神奇的人。我可以運用比平常更敏銳的方式來思考，並且了解到自己正面對著一個高度進化的靈魂。我很重視這件事，也為了自己能擁有這樣的運氣而激動了起來。

可是，阿米卻在一旁笑著。他的歡笑令人感到愉快，富有感染力。我也笑了，像他一樣地開心，雖然並不明白是什麼原因。

片刻後，他再次把金屬棒指向我。這一次射出的不是金光，而是明亮的綠光。於是，我的心靈回歸正常。我猜想，被金屬棒發出的光束照射太久會把人變笨。

「彼德羅，其實剛好相反。金屬棒會觸

碰到你心裡最高尚的部分，並且不讓最原始和最世俗的一面跑出來。不過，如果跟非高度進化的現實世界脫節太久的話，就會連帶失去在那裡正常生活的能力。要是不解除光束的效力，以地球上的時間來算，效果可以持續十多個小時之久，所以必須重新把金屬棒對準被光束照過的人；但是要使用綠光才能達到解除的功效。」

「阿米，這支小棒子太神奇了。可是，如果一群人攻擊你，來不及一一瞄準他們每個人，那可怎麼辦？」

「假如一群特里人撲上來，我就這麼辦。你看！」

他用金屬棒瞄準艙壁，這一次射出的是強烈的藍光，如同火苗一樣。藍光碰撞到艙壁時發出「噼噼啪啪」的聲音，迸發出成千上萬個金色小火星，隨即飛快地射向飛船內部的四面八方。有幾個金星射到我身上；我又一次感覺到能活著真是太神奇了……

「哈哈哈！看到了嗎？這是一種『集中發射』的方式，發射出去的眾多光點不僅不會傷害被擊中的人，還會讓他們的心靈得到『啟發』，不必修練就能獲得心靈上的平靜。而且光點不會對掌握金屬棒的人造成任何影響。」說著他向我發射了一顆綠色「子彈」。我便恢復了正常狀態。

「阿米，這東西真不錯！」

「你們地球上那些所謂的『天才』發明了不少破壞性的武器，和它們比較起來，金屬棒才沒有那麼原始呢！而且它非常符合因果循環的道理：因為它的出發點是為了讓人們獲得心靈上的啟發，所以在使用時，不管是拿著它的人，還是被射擊到的人，都不會受到任何傷害。好啦，現在我得準備一下，好扮成祕密警察總部部長通克先生。」

「扮成那個可惡的魔鬼？你是個小孩，而他是個肥胖的巨人……」

「彼德羅，你忘記了，咱們可以改變自己的面貌啊！」

「沒錯，就跟替克拉托變臉一樣。可是身高怎麼辦呢？難道也能改變？」

「當然可以。」

「動外科手術嗎？」

「不用。只要重新設定這台儀器所發射的振波幅度就可以了。」他又笑了。

「啊，當然了，我真傻！可是，你怎麼增加體重呢？要增加好多噸位啊！」

「增加體重？不需要。只要讓人覺得我是大人就夠了。我們的儀器很容易辦到：用不了一秒鐘，它就能讓你變成任何你想要的樣子。你已經看見克拉托的變化了，要恢復原狀也同樣地容易。這台電腦裡儲存了要把外表變得跟通克先生一模一樣所需要的能量。這樣就足夠了。」

阿米操作指揮儀器；螢幕上出現了通克那可憎的影像。

「你一按下這個鍵鈕，『碰』的一聲，我就會變成祕密警察首領的複製品。雖然我跟他一模一樣，可是不會像他那樣散發臭味。哈哈哈。」

「太妙了！」

「兩小時後，通克要參加一個冗長的首長會議。我要利用這段時間偽裝成他，試著接近咱們被捕的朋友們，領著他們走到你啟動的黃色光柱之中，平安回到這裡。」

「啊！這太容易啦！」

「彼德羅，一切會順利得令人不敢相信。你睜大眼睛等著看吧。現在，你按下這個鍵鈕。看到我的新面貌別害怕！我還是我。即使聲音變了，那也是我。來吧。」

我按下了鍵鈕。阿米變成了那個可怕的特里人，眼睛注視著我。那目光一點也不像阿米的神情。他用低沉有力的聲音說道：「彼德羅，你害怕嗎？」

「啊！這……你是阿米嗎？」

「當然是啦。別害怕！現在，我需要黃色光柱，請馬上開啟！」

按照他事先教我的指令，我點亮了黃色光柱。阿米一面走向光柱，一面說道：

「我從光柱上下去，穿過兩層樓到達文卡的房間。然後，再看看下一步怎麼做。」

想像著眼前充滿未知的危險，讓我不禁打起寒顫……

「你怎麼知道自己不會降落在一個特里人面前呢？」

「為了以防萬一，我已經預先估算好了，所以我等一下會出現在空無一人的房間裡。祝我好運吧！我到下面以後，你就熄滅光柱。再見！」

我從監視器上密切觀察阿米的動向。他已經順利進入那棟房子，到達一間小小的醫護室。那裡果然沒有其他人。我熄滅了光柱。從監視器的揚聲器裡傳來了他低沉的聲音：「我進入地窖以後，你就看不見我了。你可千萬保持耐性，對我要有信心！」

只要阿米一出錯，或發生任何意外事故，一切就玩完了！我就得在這個充滿危險的世界裡流浪，駕駛著一艘我不知如何才能返回地球的飛船。假如我誤打誤撞到達克拉托的小茅屋，也只能在特拉斯克的陪伴下度過此生。而且，如果文卡沒有我的陪伴，我知道她一定不會幸福……

「不，萬一發生不幸，我寧願一死。」我心裡想著。

我聽見阿米在笑。他雖然離開了我，又改變了外表，仍然保持幽默感，和看透我想法的能力：「彼德羅，要保持樂觀啊！」

這時，已經變成了祕密警察頭子的阿米剛好在兩個特里人從門前經過時走出醫護室。那兩個警察吃了一驚：部長怎麼會突然出現在地下室呢？這是第一個意外狀況。

我的一顆心已經蹦到喉嚨了。一開始就出師不利……

阿米搶先一步盤問二人：「嘿，你們倆上哪裡去啊？」

「長官，去藍區。」

「等一會兒再去！現在我需要你們倆幫忙。請跟我來！」

二人準備服從命令，但是覺得有些奇怪。他們倆互看一眼；其中一人喊道：「戰旗！」

阿米天真地問道：「要戰旗幹什麼？」

我的天啊，太可怕了！兩個警察掏出槍來，對準了阿米。我很快明白了：「戰旗」是一種通關密語，而阿米自然不知道如何應對。這是第二次意外……

「舉起手來！敢亂動就要你的命！」

阿米還來不及掏出口袋裡的「武器」──金屬棒，一個警察已經抓住阿米一隻胳膊，扭到身後，一面用槍頂住阿米的太陽穴。另外一個警察從阿米背後銬住他的雙手。這個場面簡直把我嚇壞了！

其中一人說：「別看他的眼睛！這傢伙和外星人一夥。他們會用目光施展催眠術。」

「眼睛盯著牆壁！你這個臭蟲！要是敢回頭就打死你！」接著，那個警察對他的同事說：「你去醫護室找些膠布，把這傢伙的眼睛和嘴巴封上，然後啟動走廊盡頭的警報器。千萬注意：別讓這個外星入侵者盯著咱們看，也別讓他說話。」

可是，膠布封堵不住阿米強大的心靈力量。一個警察走遠以後，阿米閉著眼睛全身貫注在思考什麼。不一會兒，只見另外一個用槍瞄準阿米的警察垂下了手臂，機械式地收起槍，然後把手伸進阿米的口袋裡掏出金屬棒，瞄準醫護室半開的門射擊。一道藍色的火光躥了出來；接著，一束快速飛舞的金星沿著走廊飛去，射進醫護室內部。那個警察從室內走出，臉上露出溫和的微笑，目光裡充滿了柔情……

「噢，快快給這個神奇的人物鬆綁！」他邊說邊動手解開阿米的手銬。

另外一個警察則嚇得愣住了，因為阿米控制了他的意志。但是，因為金屬棒握在他手裡，光束並沒有射到他身上。所以阿米輕輕扳開他的手指，拿出金屬棒，對準他射了一槍，這個特里人的表情馬上變得神采奕奕。

他看起來心情非常愉悅，有點出神的看著阿米說：「噢！真是高度進化的人啊！」

另外一個警察傻乎乎地看著阿米，彷彿崇拜什麼神祇一般。

「這是天使降臨啊！真幸運能夠這麼近距離地看到一位天使啊！」

這時，我想起在地球上有許多人認為專注於心靈力量的提升只會讓人變得軟弱，因此紛紛拋棄了它，轉而選擇暴力或者藉助物質的力量，作為自我保護或支配別人的手段。可是，這兩個全契阿星球最兇狠的人，雖然已經受過無數次的軍事訓練，也學過如何使用各種武器，現在卻完全服從阿米的指揮。而阿米從來不曾選擇以暴力為手段，他選擇的是內心力量的提升……

他問兩個警察：「剛剛的口令是怎麼回事？」

「哦，這是幾分鐘前剛剛更改的。和『戰旗』對應的是『高高飄揚』。」一個警察回答。他看起來似乎很高興能為阿米效勞。

「是什麼讓你們倆對我產生懷疑，然後盤問我口令？」

「哦，是您那溫和的語氣，還有和藹可親的舉止。這裡沒有人說『請』，您卻說了『請跟我來』。」

「啊，明白了。讓我裝成野獸還真費勁呢。」

「另外，通克身上有股非常難聞的氣味……」

「我懂了。好，現在，請幫我把『魚群』那個案件的朋友們放出來！」

「不，那個案件不再叫『魚群』了，現在改叫『徽章』。」

「啊，謝謝。走吧，帶我到他們那裡去！你們倆要有軍人的樣子嘛。」

「哦，對，願上帝幫助我們為這個崇高的事業效力。能夠協助一個這樣高度進化的人，真是太榮幸了！」

「別說什麼『哦，對』；要說：『是，長官！』」

「是，長官！」

「別微笑！記住：這裡的人是不笑的。」

「哦，對。」

「說：『是，長官！』」

「是，長官！」

我緊張極了，就像誤入雞籠的蟑螂，擔心會被吃掉……

阿米下令道：「走快點！要擺出怒氣衝衝的樣子，因為走廊上有攝影機，監視人員盯著螢幕呢。」

「哦……對……不，我是說：是，長官！」

經過一道崗哨的時候，警衛喊道：「戰旗！」

阿米回答：「高高飄揚！」這一次他的聲音比通克本人還要氣勢逼人，因為他已經記取了教訓。

「上哪裡去？」

「去看『徽章』案的犯人。」

「去吧！」

我鬆了一口氣。阿米成功地化險為夷，可是，他又能夠偽裝多久而不被識破呢？

「看來，『老闆』一輩子第一次洗了澡。」阿米和兩位警察走過後，崗哨警衛對另外一名警衛開玩笑說道。

「顯然是這樣。因為這次他沒有留下濃濃的『香味』……」

兩個警衛竊笑起來。他們顯然沒有起疑心，讓我鬆了一口氣。

接著，前方出現了一部電梯。他們三人走了進去，雖然電梯門關了，我仍然可以看見內部的情況。

「戰旗！」揚聲器裡傳出通關密語。

「高高飄揚！」阿米很有信心地喊道。

「通過！」

後來我才知道：如果口令錯誤，電梯就會直接把他們送到全副武裝的調查員那裡，接受非常嚴格的盤查。

阿米看看那兩位特里警察——他們一方面用崇拜的目光注視著他，一方面又極力掩飾心中的崇敬之情——然後指指電梯上的鍵鈕盤。一名警察立即上前按了一個鍵鈕。電梯向祕密警察總部最隱蔽、銅牆鐵壁的地下室降落，消失在我的視線之外。

我一面望著螢幕，一面祈禱一切順利。然而，時間一分鐘、一分鐘地過去了，始終沒有阿米的消息，只看到不時有警察從電梯裡進進出出。這時，我最不願見到的事情發生了：刺耳的警報聲傳遍了整個祕密警察局大樓……

大批武裝人員蜂擁到電梯門前，甚至連通克本人也趕來了。他一面等著電梯門打開，一面怒吼著，因為這是總部第一次被外人入侵。

「這些畜生把電梯鎖死了！第一連從樓梯下去！」

片刻後，一名士兵回來報告說：「敵人也鎖住了樓梯的大門。」

「那就炸開！」

「是，長官！」

情況十分危急，甚至傳出爆炸聲。就在千鈞一髮之際，電梯的門開了，向外射出一片藍光；接著有成千上萬個小小的金色火星沿著走廊散開，使得在場的五十多個全副武裝的特里人，包括通克本人，都因此受到愛心的啟發。隨後阿米出現了，接著是戈羅、克羅卡，還有……文卡！她滿面笑容地走出電梯。在這個時候，甚至連通克本人都想在阿米的手背上獻上一個吻；當然，戈羅他們一行人也受到光束的影響。這時，我啟動了黃色光柱，讓阿米他們登上飛船。而那五十多個長毛特里人溫馴得像羊羔，他們個個激動得熱淚盈眶，虔誠地目送四人在光柱中飛升……

「彼德羅，按一下『變形』鍵！」阿米帶著四人平安進入飛船。

我按下按鍵，阿米又恢復了本來面貌。我上前擁抱文卡，她以崇拜的目光看著我。而戈羅和克羅卡也十分仰慕地注視著阿米。感謝上天，結果順利。

阿米向戈羅、克羅卡和文卡射出綠色光束，三人隨即恢復正常的心理狀態。

文卡想起在祕密警察局所受的委屈，激動得啜泣起來。戈羅也重拾火爆脾氣：

「那些可惡的走狗！流氓！畜生！混蛋！野獸！……」

可以想見，一定是警察對他施加暴力。

「忘記那些人吧！」阿米挽著他的胳膊勸他：「你已經安全了。」

「他們在我的身上通上了電流。我真想宰了他們！」

「幸虧你及時得救。因為剛開始他們的手法都會比較『和緩』，但是之後就會變得非常『強硬』。」

「還好他們來不及拷打文卡和克羅卡。真沒想到這群畜生這麼殘忍！」

「戈羅，我也沒想到他們會對你這麼殘忍。現在，我們該怎麼辦啊？已經回不了家啦。」克羅卡哭著說。

阿米一字一句地告訴他們：「忘掉那些事情吧！你們必須學著如何把已經發生過的事，以及你們擁有的家園和財產通通放到一邊。想像你們的家剛剛受到暴風雨的襲擊，整棟房子都因此毀壞；可是你們卻幸運地得救了，而且毫髮無傷。」

「是啊。可是我們已經一無所有！」

「戈羅，別這麼說。你們擁有非常寶貴的東西：愛心，這才是宇宙中最珍貴的。」

戈羅想了想，然後摟著克羅卡和文卡說道：「阿米，你說得對，愛心十分寶貴。可是另外一方面，我們連自由自在地走在街上的權利都沒有啦！或許應該去別的國家要求政治庇護……」

「戈羅，打消這個念頭吧！如果你是人盡皆知的政治家，自然可以要求庇護。可是，你現在已經加入『外星人拯救星球計畫』了——你也知道有很多人對這個計畫有不當的偏執想法和野心；所以，不論你躲到什麼地方都不見得安全。」

「那可怎麼辦啊？」克羅卡絕望地喊道。

「別擔心！我送你們去克拉托的茅屋，就在烏特納山區。到了那裡就安全了。你們可以在那裡休息一下，然後再決定怎麼辦。」

阿米開動了飛船。一轉眼，我們已經「移位」到烏特納。那裡正是黎明時分。我們降落在克拉托的農場裡。特拉斯克對我們很親熱，對戈羅就冷漠許多。

「這片田園風光真是太美了！」克羅卡發出讚嘆。遠方天空的顏色變化多端；隨著太陽慢慢從山背後升起，紫色逐漸變成了橘紅。

戈羅開始對這個地方產生興趣。他呼吸著山上的新鮮空氣，一面環顧四周，一面注意傾聽黎明時分各種鳥類的齊聲合唱。對他而言，不過幾分鐘之內，就從祕密警察的地獄來到了天堂，簡直像是夢一樣。

「多美的果園啊！戈羅，你看那些木落果、奶糖果、雀紅果和梅蜜果！還有那些玻璃莓，那些多巴樹、布羅樹、火火樹⋯⋯。」

「克羅卡，這裡還有其其果、瓜禾果和蘇巴亞果。以前，我只在超級市場見過。」

「我也是第一次來到果園。哦，這裡有香草、龍骨草、登卡草和素美拉草。戈羅，這裡還有鮮花！看看這些北必美花，還有這些高大又鮮豔的路林達花⋯⋯。」

我們向茅屋走近的同時，戈羅和克羅卡一路睜大眼睛，對眼前的景物充滿好奇。

戈羅一發現克拉托的酒窖，立刻喊道：「我要喝酒，然後睡個好覺！」

克羅卡跟著喊道：「我也要睡覺！」

「那就進到屋子裡來吧！」

大家都走進屋裡，文卡打開窗戶。

「戈羅，這地方太美妙了！就跟電視劇〈山中小屋〉的場景一樣。」

「克羅卡，我同意。不過睡醒以後再好好欣賞吧！我睏極了。」

「那邊地上有個草墊子。你們可以睡個好覺。」

「這個東西太有特色了！對了，這裡有沒有爬蟲？」克羅卡擔心地問道。

「沒有，克羅卡。這麼高的山上不會有爬蟲，更不要說毒蟲了。」阿米安慰她。

「有沒有蜘蛛？」

「也沒有。」

「可是那房頂角落裡有個蜘蛛網啊。」

「啊，是的。那些蜘蛛不會傷害人。它們只捕捉從外面飛進來的蚊蟲。這裡沒有會傷害你們的東西。」

戈羅慢慢在草墊上躺下來，不過似乎不怎麼舒服，因為他的身材太高大。阿米走到他身邊說道：「我要帶文卡上飛船，明天就回來。彼德羅的奶奶邀請她去家裡吃晚餐，就快準備好了。我們只需要幾分鐘就能到達那裡。然後我還要帶她去看一些重要的地方。戈羅，你同意文卡去嗎？你說過你會同意的。」

「哎……好吧，可是她要乖一些……」戈羅說著說著就睡著了。

「明天我們就回來。你們要是餓了，廚房裡大概有克拉托做的辣子山雞。」

戈羅聽見這話，立刻清醒過來。

「有辣子野雞？在哪裡？」

文卡帶克羅卡去廚房。克羅卡立刻動手熱菜。看起來她很喜歡這個鄉間小屋。

「太妙了！還有燒柴的爐灶呢！」

「辣子山雞！這是我最愛的美味！克拉托是怎麼弄到雞的？」

「姨父，山裡到處有雞。你沒看見它們，那是因為太陽一升高，它們就飛走了。克拉托有捕捉山雞的陷阱。」

「這裡真是天堂啊！你們留下來一起吃晚飯吧！嘗嘗辣子山雞。」

戈羅顯得很興奮，甚至努力做出和藹可親的樣子來。這讓我吃了一驚。

「不，謝謝，戈羅。我可不想看你們殘忍地宰割野生小動物，然後把它一小塊、一小塊地吃下去。謝謝，我受不了。你們為什麼就不能吃些新鮮水果和綠色蔬菜呢？」

阿米這番話絲毫沒有減少戈羅的熱情。

「你與其喋喋不休，還不如嘗一嘗營養豐富的辣子野雞。」

「我可不想用這種東西污染腸胃呢。多謝您熱情的邀請。但是，我們得走了。」

我們告別了那對夫妻。戈羅盡情享受著田園風光和辣子山雞，似乎已經忘記祕密警察局的恐怖回憶。此時此刻，他置身另外一個天地裡。這是個安全的世界，風和日麗，景色怡人，還有肥美的野雞和大量的果子酒……

我們三人向地球飛去。

「那邊已經很晚了，」我推算著地球上的時間：「奶奶和克拉托大概就寢了。」

「別擔心，彼德羅，我剛剛看過了。他們倆還在聊天呢。他們應該有很多話題。」

「那咱們還能及時趕到！」

「當然！你奶奶是有道理的。經常聽聽她老人家的忠告對你沒有壞處。」
我們告訴文卡：奶奶估計我們今天晚上會到達家裡。老人家的判斷是正確的。
「她的直覺很靈！」
阿米解釋說：「不是直覺，而是奶奶的信念堅定不移。」
「彼德羅，我預感到奶奶會喜歡我的。」
「當然啦，文卡。你也會喜歡她的。」
接著，我問阿米：「你離開電梯進入武裝戒備區以後都做了些什麼？」
「沒有什麼特別的。我在走廊裡一面走一面發射『光束』。被金星擊中的特里人都爭先恐後地為我效勞。他們替我帶路，釋放戈羅夫婦和文卡，甚至連折磨戈羅的打手都對我表示友好和親熱。但是，監控室裡的警察卻拉響了警報器，因為那時通克剛好就站在他們的面前，才會發現監視螢幕上出現了另一個通克！於是，我就要那許多助手封鎖通道和電梯。他們一一照辦了。接著，我們就來到你發射的光柱旁邊，然後登上飛船。就這麼簡單。」
對他而言是如此。但是其中的道理可沒這麼簡單。

文卡提醒我們這一番辛勞的主要目的：「但願戈羅姨父同意我到地球上生活……我想這幾天發生的一切有可能軟化他的鐵石心腸。」

「文卡，結果不會令人失望的。但是，你們也別過於興奮。起初我跟你們想的一樣。但是我現在卻懷疑戈羅是被安排來阻撓別人幸福的，而他自己倒也滿喜歡給大家潑冷水。」

「可憐的姨父從小受的教育太嚴厲刻板了。幾乎沒有快樂的回憶。」文卡解釋說。

「最近他經歷的這些苦難應該可以改變他。」我說。

阿米語重心長地說道：「我們可以從苦難中學習，但是代價太高，留下很深的傷痕。有時，人們對苦難習以為常，甚至失去選擇其他生活的能力；如果不讓他吃苦，他還活不下去。還有另外一些人，他們認為上帝喜歡看著自己的子民受苦受難，便想盡辦法自我折磨……所以說，宇宙間最優秀的導師不是苦難，而是『愛心』；真正的愛心是聰明和善良的最佳平衡狀態。遺憾的是，目前戈羅還沒有達到必須的水準。」

8 愛克思星球

「彼德羅，咱們到你家了。先從監視器裡看一看屋裡的情況。」

螢幕上出現了克拉托和我奶奶的身影。他們倆坐在餐桌前談笑風生。

「我用兩隻胳膊各夾住一個特里人的脖子，讓他們倆的腦袋互撞。結果，腦袋殼撞成了破西瓜，可是裡面空空如也，因為特里人的腦袋裡什麼東西也沒有，呵呵呵！」

「哈哈哈！」奶奶笑得很開心。天知道克拉托根本是在瞎掰。

「這是怎麼回事啊？那位先生有點像克拉托，但又不是他本人……」文卡很疑惑。

我們向文卡解釋：克拉托作了改造手術。她聽了立刻要求阿米，也把她的雙腿變得粗一點。阿米回答說，她暫時必須保持現狀。

「也就是說，你從頭到腳都很美。」我趁機恭維她。

她看看自己的雙腿，不同意我的看法。

「克拉托，你怎麼對付第三個特里人啊？」我奶奶還在鼓勵克拉托繼續胡謅。

「啊，那傢伙……對，我想起來了。他又高又壯，就像昨天我在電視裡看到的那頭公牛。」

「哇！」

「那個特里人怒氣衝衝地瞪大眼睛，嘴裡吐出唾沫，雙眼冒火。他擺好架勢，準備攻擊我，怒氣一觸即發。他一腳向後蹬地，鼓足全身的力道向我撲來，打算把我扔下懸崖。我當時站在懸崖邊上，只能靠赤手空拳來自衛。」

「那您怎麼辦呢？」

「文風不動，處變不驚。等他逐步逼近，距離我只有一巴掌遠的時候，我突然向旁邊一閃……」

「後來呢？」

「我喊了一聲：『帥呀！』那傢伙就摔到懸崖下了。呵呵呵！」

「哈哈哈！」

「看來，這對老人可以相處得很融洽。」阿米指著螢幕，調皮地笑著說。

「奶奶是位性格開朗、和藹可親的老人。我們一定能處得很好。」文卡笑著說。

「文卡，這是肯定的。」

阿米把飛船停在我們海濱住宅的上空。

「到了。咱們下去參加慶功宴！」

我們沿著黃色光柱降落到屋內，出現在兩位老人面前。

他們倆幾乎不敢相信一切會如此順利地解決，更沒有想到文卡真的來到了眼前。晚會重新開始。現在大家都到齊了。奶奶不停地欣賞、讚美文卡。

「彼德羅，文卡是個很特別的孩子。外表上看起來跟這裡的人有些不一樣，不過她的性格很善良。我早就知道聖西里羅是不會失信的。看到了吧？」

克拉托問阿米：「太空娃娃，你真了不起。你是怎麼把文卡和她姨父母從祕密警察總部的銅牆鐵壁裡營救出來的？」

阿米告訴大家詳細的經過。我們一起為他熱烈鼓掌。然後他說，彼德羅幫了大忙，於是，大家也為我鼓掌。

奶奶高興地說：「雖然時候不早了，可是這個夜晚讓人捨不得結束。正好現在是暑假期間，明天沒有人需要上班上學。文卡，我給妳準備晚餐，馬上就來。大家都坐下來吧。神啊，這真是太美好了！」

「我也要吃。」我回到這裡之前只吃了半飽。

沒多久，晚餐就上桌了。

「喔，真香！」文卡說道：「可是我不知道能不能適應這種地球食物……」

「文卡，妳會喜歡的。設想一下：這就是三棲肉。」

「好吧，讓我嘗嘗這塊看起來很嫩的肉……啊，我好喜歡。」

「我還是回去飛船上吃我的健康食品。一整天我幾乎什麼都沒吃。馬上回來。」

奶奶說：「把食物拿到這裡來，大家一起吃飯吧！」

「里里，恐怕沒辦法，因為一看見你們吃飯的樣子，聞到那魚肉的氣味，我的食欲就消失了。我馬上回來。」

「這種飲料的顏色很漂亮。」葡萄酒的顏色引起了文卡的注意。

「這是葡萄酒，味道好極了。」

「文卡，妳想嘗嘗嗎？」奶奶問她。

「是的，奶奶。請您給我斟一點。」

「來吧。小孩子只能喝一小杯。」她轉頭問克拉托：「克拉托，再來一杯？」

「里里，多謝，現在不要了。」

看到克拉托不肯再喝了，我有些吃驚。我猜想他有些醉了。

「克拉托，別告訴我你不喝了！」

「地球娃娃，你在說什麼呀？我不想喝得太快，因為我很喜歡喝酒。」

「克拉托，我不懂你的意思。」

「我喝酒的時候要慢慢來，每一口都仔細品嘗，因為如果喝得太快，我一下子就醉倒了。這個晚會太棒了，我可不願意白白錯過；也不願意失去享受這份佳釀的好機會。這個叫做什麼酒的發明實在太妙了。我不得不承認，我農場的果汁與這個什麼酒一比，可就相形失色了。釀造這種瓊漿玉液的水果叫什麼名字？」

我去冰箱拿回一串葡萄來。

「就是這個，叫做『葡萄』。」

「地球娃娃，這水果真漂亮！」

「好美啊！讓我嘗嘗——真甜！」文卡喊道。

「我想聖克拉托酒窖應該在地球上設立分店了。呵呵呵。對了，你們替我餵特拉斯克了嗎？」

「餵了，克拉托。我姨父母待在你的茅屋裡。他們倆負責照顧特拉斯克。你的寶貝狗對他們很友善，而且……」

「那個特里人在我的茅屋裡幹什麼鬼勾當？」

這時阿米回來了。

「克拉托，茅屋是隱藏他們最好的地方。希望你別生氣。」

「哦，這……」

克拉托看看我奶奶，她親切地對著他笑。

「我當然不生氣。既然這樣，特拉斯克就有人陪伴了。阿米，他們倆在茅屋裡要待多久？」克拉托雖然極力掩飾自己的不快，看上去還是不怎麼高興。

「如果你願意的話，咱們馬上回去。我把你留在茅屋，把文卡的姨父母送到別的地方去。大家分道揚鑣。克拉托，咱們要上路嗎？」

「不！我只是因為好奇才問的。另外……」

「另外什麼？克拉托。」

「這個……我們曾經談過我能不能留下來的事……」

「阿米，讓克拉托留在地球上吧！他已經變成地球人啦。」

「他住在哪裡呢？」阿米問我們。

「這裡。當然是跟我們在一起了。是不是，奶奶？」

「我很樂意……文卡可以和我一起睡，克拉托就可以住在空出來的臥室了。」

「可以啊，我不反對。克拉托，你真的不打算回你的茅屋啦？」

「這個……說真的，我沒有料到事情變化得這麼快。畢竟我在那個美麗的地方度過了好多年……不過，我變成斯瓦瑪人以後，就把過去的一切都留在身後了。我連牙刷都沒帶在身上。我可以告訴你們：過去我是個重要人物，很富有，可是……不，現在說這些已經沒有意思了。過去的總要讓它過去。對不對，阿米？」老人的語氣有感傷也有激動。

「是的，克拉托。正因為如此才有死亡。」

「太空娃娃，這是什麼意思啊？」

「你們對一切都戀戀不捨——家鄉、親人、財產、理念、主張、外貌、往事、日常生活，以及所有的一切。而宇宙需要生長其中的萬物進化；借助別的經驗、別的情況、別的地方、別的人和別的想法不斷地使自己趨於完美。但是由於你們對一切都戀戀不捨，你們為自己留下通往其他學習與幸福境地的唯一途徑，就是肉身的衰老和毀敗；如此才告別了留戀，告別了往事，最終翻過了這一頁。除去靈魂深處很少、很少一點之外，任何記憶都不會留下了。」

「那不就是死了嗎？」文卡問道。

「你們只留下一條不得不放手的路，但是如果你們像更進化的人類那樣少一些無謂的眷戀，就不需要痛苦的死亡過程了。你們會比較容易拋開所留戀的，而積極主動地邁向宇宙為你們準備的新天地；此外，你們也不會忘記從前的事。我腦海還儲存著往日生活的全部記憶呢；從我是半個猩猩開始，直到進化到今天的程度的整個過程。」

阿米這番通俗易懂的解釋，讓我們個個陷入沉思。在此之前，我想到神賦予生命、也使之死亡，曾經懷疑過神的慈悲。但是，經過阿米的解釋，死亡對我來說別有涵義，與神的愛並不矛盾，因為這份愛本來就希望我們進化、達到完美；然而如果我們不能主動克服不捨，那剩下的路就只有被迫從一種處境離開，再重新開始。

「太空娃娃，你說得對。既然我已經離開了那個地方，離開就是不可避免的了。既然如此，那就從現在開始吧。我就永遠留在這裡……當然是跟這位美麗的夫人在一起。」克拉托說著摟住了奶奶的肩膀。奶奶的腦袋依偎在克拉托的胸前，面帶微笑。顯然，浪漫的故事有了美好的結局；但是，如今我並不惱火或嫉妒，反而希望克拉托永遠留在家中。

突然，克拉托想起了什麼。

「可是，特拉斯克……」還沒說完，他已經熱淚盈眶了。

「特拉斯克會過得很好。克拉托，這件事交給我負責。你相信我嗎？」阿米笑了。

「這個……是的，我相信你。阿米，謝謝你。」

「克拉托，不客氣。我會處理你在地球居留的問題。好了，時間已經很晚，是結束這個愉快聚會的時候了。明天還得帶你們去看看其他的東西。」

「文卡的床鋪已經準備好了，就在我的床旁邊。」

「你們都知道戈羅是什麼樣的人，因此別興奮得太早。好了，我得去那裡一趟。明天回來。」

我們送別了阿米。我躺在床上，幾乎不敢相信這個夜晚發生的事情：文卡居然睡在我家裡！要不是還得擔心戈羅那邊的問題，我真感到無限的幸福……這一天實在發生太多驚險和美妙的事情了；腦袋剛一碰到枕頭，我就沉沉地進入夢鄉。

第二天早晨，輕輕的敲門聲喚醒了我。我半睡半醒，一時想不起昨天發生的事情，很自然地反應說：「奶奶，請進！」

進來的不是奶奶，而是美麗的文卡。她的雙手端著一個盤子。

我覺得自己置身在世界上最美麗的夢境裡。但這不是夢。我的知心給我送早餐來了，送來了她全部的愛心。

「噢，文卡，太麻煩妳了！謝謝。」

「不麻煩。彼德羅，我很高興這麼做。睡得好嗎？」

她在我身邊坐下，親切地注視著我。

「噢，非常好，謝謝妳。妳睡得好嗎？」

「這是我一生最美好的夜晚之一……因為我知道你就在我身邊……」

這時，奶奶也進來了。

「孩子，早安。你動作得快一點。阿米和克拉托已經準備好了，他們等著你哪。」

「什麼？阿米已經來了？」

「是的。來了一會兒了。」

「怎麼不早點叫醒我呢？」

「文卡希望你多休息一會兒。她將來一定會好好地照顧你。」奶奶的語氣既是欣慰，又似乎有一種不捨。

「阿米，咱們進去看看那個懶惰的彼德羅在幹什麼。」克拉托一面說著一面跟太空娃娃走進我的房間。

我沒有兄弟姐妹，早已經習慣在家裡孤單一人。我的臥房除了奶奶沒有人會進來，而現在奶奶、文卡、克拉托和阿米都在這裡，這個陣仗很驚人。我發現克拉托穿著夏威夷衫、短褲、涼鞋、白襪，戴著紅色塑膠表帶的海灘表，頭上還戴著一頂遮陽帽。現在他的確很像土生土長的地球人了。

「克拉托，你從什麼地方弄來這套行頭的？哈哈哈！」

「是我給他帶來的。克拉托，你喜歡嗎？」阿米搶著回答。

「喜歡。不過，這孩子在笑我。我是不是看起來很怪？」

「的確很怪。」文卡笑道。

「一點都不怪！克拉托，你看起來年輕帥氣，像運動員一樣。」奶奶安慰克拉托。

「克拉托，你看起來很棒，」我說：「我剛才是因為驚訝才笑的，因為你突然從『先知』變成『海灘客』了。」

阿米笑著問我：「彼德羅，準備好了嗎？咱們去太空兜一圈。」

「我還要洗澡哪。」

「用不著。這種小事到飛船的消毒室解決就行啦。你知道效果很棒的。」

「啊，沒錯。我怎麼沒想到？」

我迅速吃完早飯；片刻後，我們告別了奶奶。

「克拉托，你想跟我去茅屋收拾東西，還是我把東西替你帶來？」

「不用了，太空娃娃。對於契阿來說，我已經死了。而死人是不會把任何東西帶到另外一個世界去的，所以我也不打算這麼做。你可別忘記看看可憐的特拉斯克，順便帶兩隻肥碩的野雞來。呵呵呵！」

阿米、文卡和我又一次乘坐飛船漫遊在太空中了。

「阿米，咱們去哪裡？」

「我想讓你們看一些有趣的東西，地點就在這個銀河系幾萬個非常進化的星球之一。時間不會很長。然後，去看看戈羅和克羅卡的情況怎麼樣。」

舷窗外面出現一座十分乾燥的星球。它的外表像月亮，但是顏色是紅色的；也就是說，它看起來更像火星。飛船以極快的速度向它飛去。

「這是愛克思星球。這裡有一種文明，它比你們看過的所有文明世界都更為進化。」

阿米以驚人的速度繞行愛克思一圈，只用了不到一分鐘。我發現那裡沒有海洋。

「這好像是一個死氣沈沈的乾燥星球……」

「對。地表上只有岩石，可是地下就不同了。」阿米的語氣神祕中帶著興奮。

「難道整個文明都建立在地下？」

「是的，彼德羅。高度進化的人類，都和這座星球的人一樣，把自己的文明世界轉移到地下去了。」

「你的意思是說，最發達世界的人們已經不生活在地表上了？」文卡好奇地問道。

「當然。地下要安全多了。」

「為什麼？」

「就和我提過的地下基地一樣，陽光中的有害射線和宇宙中其他有害射線都到達不了地下；無論隕石、暴風雨、冰雹還是颶風也無法入侵。此外，可以在小範圍內自動調節氣候，建立完善的生態系統充滿空氣、水和光，儘管地表上沒有大氣層，也沒有一滴水。另外，還可以避免蚊蟲的騷擾，和對這個生態系統不宜的物種。而且不會引起不發達星球的注意——他們即使生活在類似你們地球或者契阿星球的旁邊，你們也不會意識到旁邊的星球地下有個非常發達的文明，因為它表面是死氣沈沈而乾燥無比的……總之，住在星球內部是宇宙中生活方面高度進化的表現。」

「好酷！這對我真是大新聞。按照這種說法，可以說明我們太陽系所有的星球為什麼表面上好像沒有生命了……」

「我們那裡也是一樣。」文卡說道。

「孩子們，這就對了。宇宙中的生命比你們所能想像的要多得多；可是由於你們的文明太『自我陶醉』了，所以最好暫時不要知道有更高層次的生活形式吧！」

「我明白了。」

「另外，生活在星球內部是一種心態反映。」

「這是什麼意思？」

「地球和契阿的人們是生活在地表上的，對吧？」

「當然。」

「你們重視外表，不關注內在，所以生活在星球的表面。」

「可以更詳細地說明嗎？」

「一切表面、遙遠的東西，你們都有興趣了解；因此你們積極努力地要到外面去，如果可能，甚至不惜走上幾百萬公里，要去其他太陽系看看。但是，眼前存在的一切或是自身星球的內部，你們一無所知，也沒有多大興趣了解。」

「確實如此！地球上有探索外部空間的太空總署，可是沒有研究地心的專職單位。雖然地心的距離要小多啦！」

「因為你們只看外在，注重一切表象——不論是對自己還是別人都是如此——而不大關心內在。」

「這個話題很新鮮。可是我想我還不大了解……」

「由於這種只看外表的態度，你們並不真的了解自己，也從來沒有仔細看看自己的內心世界；你們只對外在看得見、摸得著、實在的東西感興趣，因此，你們生活在反映你們心態的世界裡：就是物質絕對壓倒精神、內在與細微的情感。而且，你們也總是把自己的不幸歸咎於他人，而看不到一切根源其實都在個人心中。」

「這麼說，奧菲爾不是最發達的星球。你的星球也不是。」文卡作出結論。

阿米說道：「當然不是。目前我們星球的文明還是屬於外部的；不過，包括奧菲爾以及娃娃銀河系的木涅卡——也就是我居住的星球——都已經在不久前開始準備建立內部生態系統。所以，我帶你們去我居住的星球時對你們說過：咱們參觀的只是外部。記得嗎？」

「啊，對了。我想起來了。」

「我也想起來了。對了，阿米，你媽媽好嗎？」我問阿米。

「很好。正在準備跟我父親一道前往幾里亞星球。」

「真好！我一直記得她的忠告：『小心謹慎，保持童心』。阿米，請轉達我們對你父母的問候！」

「謝謝，我一定轉達。好，你們願意生活在星球的內部嗎？」

「雖然看起來很美……我不曉得……好像會有一種幽閉恐懼症的感覺……而且永遠不能看星星啊……」文卡猶豫著說。

「文卡，外部天空的景象可以投影到圓頂上。」

「是啊……大概是習慣問題吧。」

「許多技術先進的事物一開始往往會被人們排斥，但後來人們就捨不得放棄了。例如，以書寫的工具來說，在歷史上，人們有一度偏愛用浪漫的羽毛筆，不過到了今天，大家都用鋼筆甚至電腦代替，幾乎沒有人願意回到羽毛筆的時代。同樣地，人們也不願意回到牛車時代，或是煙火報信的時代。」

這時，阿米指揮飛船向愛克思星球荒蕪的表面俯衝而下。

「咱們從一個經過批准的通道進入星球內部，就像進入沙亞—撒林一樣，為的是不讓人們害怕，以為咱們的飛船要撞到地面上。」

於是，我們經過了「空間轉換」的過程，穿越包圍入口的漆黑岩石；文卡驚慌地捂住雙眼。不一會兒，我們來到了一個無限光明、燦爛、令人驚喜的世界裡。

「哇——！」我幾乎不敢相信眼前看到的一切。

清澈的湖泊、綠色和橘黃色的草坪、好像是五彩玻璃製成的建築物，這種未來派的風格就是在奧菲爾也沒有見過。巨大的球形和其他形式的建築，居然飄浮在空中！大面積的綠地上，許多人在進行體育活動。美觀的運動場、成千上萬的太空船，與精心規畫遍植花草樹木的庭園，整體設計十分協調；從空中看去，更顯得美輪美奐。

「這是我一生中看過最美的風景！」文卡高興地讚嘆道。

如同契阿的地下基地一樣，這裡的「天空」十分逼真，不過天空的顏色是淺紅色調，而不是天藍色。最令人印象深刻的是：這個巨大的岩洞似乎沒有盡頭。

阿米解釋說：「在這樣的星球上，居民們生活的岩洞直徑有時長達幾十公里遠。

他們的住宅分散建築，絕不會像地球上的城市那樣擁擠——我早就對你們說過：那些大城市無論對人還是對星球本身都沒有好處。這裡的空間十分寬廣，一切建設都和整個宇宙原則和諧並存。這裡有大大小小許多聚落，大家保持經常性的往來。」

「阿米，這裡一定是超級發達的文明世界！」

「現在咱們去看宇宙選美大會，」阿米笑著說道：「今天會有來自各個星球的人種來這裡欣賞表演。」

我覺得很疑惑，因為選美活動給我的印象是輕浮、庸俗；但是，我知道阿米總是會讓我們看到驚喜的事物，遠遠超出我們的想像。

阿米把飛船停放在位於一座高大圓形建築物樓頂的「停機場」上。在我們的飛船旁邊，還有大大小小各種樣式的太空飛行器，大多數是小型的。周圍有人們在走動，或是從飛行器裡上上下下。

有一些長著紅色大腦袋瓜、身穿豔麗服裝的巨人讓我十分好奇，他們的長相一點也不像人類。除此之外，還有許多和人類比較相近的生物。這好像是一場化裝晚會，大家都非常開心。我弄不清楚他們本來就有鮮豔的彩色頭髮，還是頭上戴著誇張的裝

飾品或帽子。其他怪異的臉部或身體的特徵，我同樣不知道是不是經過刻意扮裝的。

「文卡，妳看那些傢伙！」我看到一群有尾巴的「動物」，便指給文卡看。

阿米笑著說：「那些動物過去是生活在樹上的。你們別對牠們品頭論足，要保持寬大開放的心胸，因為在這裡會看到一些對你們來說很怪異甚至荒唐可笑的事物，但是對於那些人來說，是與生俱來的正常特徵。好了，咱們得先消毒，才能下飛船。」

我們完成消毒後，跟著阿米向附近的電梯走去。電梯的門開了，從裡面走出一對……我剛要開口說是長毛大鸚鵡，想起阿米說要尊重別人，於是我改口說他們是一對身材高大、衣著鮮豔的男女。他們倆用我們聽不懂的語言親切地對我們打招呼，然後向前走去。我和文卡有些緊張，不知該如何應對。走進電梯以後，阿米看見我們的表情笑了起來。

「孩子們，這裡沒有人會傷害你們。」

電梯是圓形的，四壁透明，內部空間很大，頂部挑得很高。我明白這是因為常常有大個子巨人乘坐的緣故。

電梯帶著我們進入建築物裡面。向下看去，有很多……人……在四處走動。各種各樣的體形令人難以置信，他們的衣著打扮也怪異得不可思議。有些人種讓我感到害怕，因為他們的長相和體形都非常奇怪。不過，所有的人都顯得十分熱情而開心。

電梯的門開了。我們走了出去。一股芳香的氣味撲鼻而來。

「室內噴灑了香水，因為有些人種的身體氣味比較重。走吧，快進大廳，表演已經開始了。」

我們穿過了幾扇大門走進去。大廳中央有個明亮的舞台，四周擺滿座椅，人們已經入座。座位的大小不一樣；最小的分配給個子小的人種，位置最靠近舞台。個子大的則坐在後面。我們向小座位走去，找到一排人比較少的座位。阿米一面道「對不起」，我們一面從親切的……呃……宇宙同胞膝蓋前橫越過去。並沒有人特別注意我們。

就座以後，我們開始欣賞舞台上的節目。一位高大肥胖、有灰色面孔和大嘴巴（讓我想起河馬，但是我並沒有任何惡意）的主持人，興高采烈地介紹即將上台表演的候選人。透過同步翻譯的耳機，我可以聽懂大部分的內容。我說「大部分」，是因為有些話我不明白是什麼意思。比如，他說：「即將上台的，是坐在『馬合克二區』的這一位，他的身體屬於他那座星球上備受尊崇的『白色安莎體』。雖然還沒有進入『光素內部』，但是他的『烏雷瓦思』就要分類出來了。」

舞台上出現了一棵會走路的「萵苣」。他先自我介紹，向觀眾親切致意，然後神情專注地立定不動片刻後，就下台了。接著，另一位參賽者登台，表演的內容與前一位差不多——也就是說，沒做任何動作，就下台了。就這樣，銀河系中種種怪異甚至令人恐懼的人種一一登上舞台。他們有的走動，有的爬行，有的晃動，有的還會飛。他們面帶微笑（像我們一樣有嘴巴的人），展示稀奇古怪的衣著，聚精會神片刻之後，面向觀眾做幾個動作，然後下台一鞠躬。

我什麼也看不明白，但是，在場的觀眾顯然樂在其中。當台上的人專注心神的時候，台下的人有時會發出「喔喔喔」的呼喊。儘管我有時也體會到一種美好的感受，但終究我和文卡還是面面相覷，搞不清楚這場表演是怎麼回事。

「阿米，這是什麼意思啊？」

「這有點像選美比賽，但是，有兩點大不相同。第一，這裡沒有競爭，沒有輸贏的問題。每個人各自表演，目的是娛樂大家。觀眾感到開心，就是對表演者最好的獎

勵。第二，他們展示的不是外在美。」

「不是外在美？」

「當然不是。由於銀河系上的生物種類實在太多了，因此『這個人美，那個人醜，』是沒有意義的。實際上，我們不大注意人們的外表。『美』也好，『醜』也好，都是短暫而相對的；因此，我們直接注意內心。真正的美是內在的。參加表演的人們所要展示的就是內在美。」

「喔，我有一點明白了。但是觀眾怎麼能看到表演者的內在美呢？」

「內在美是肉眼看不到的。」

「那人們怎樣才能捕捉到內在美呢？」

「是靠更高層次的心靈感應，彼德羅。」

「這也難怪，這些人的進化程度非常高。我還不夠進化。我只能憑藉眼睛去看，心靈還沒有那種更高的感應呢。」

「我也沒有……」文卡有點難過地說。

「孩子們，並非如此。實際上，你們擁有那種高層次感覺，但是你們不注意察覺，因為那是很細緻微妙的。而你們習慣只注意那些高度刺激的事物。不過，你們可以試一試感受一下那些熱情的人們正在發出的微妙訊息。要全神貫注！」

舞台上出現了一個極瘦的人，皮膚黝黑；大概是那身膚色太強烈的關係，平直的頭髮還發出藍色的反光。那個人活脫脫就像是一支倒放的掃帚……我不知道他是男是女。

「非男非女。」阿米說道。這句話讓我們目瞪口呆，可是他卻笑了：「你們別以為宇宙中的任何生命都是在兩性基礎上運轉，像你我一樣。」

「難道不是嗎？」

「當然不是。有性生殖僅僅是諸多生殖形式的一種，你們星球上其他種類的動植物也是如此。總而言之，你們看到的這個人是無性生殖的產物。宇宙中的繁殖方式實在數不勝數，我不可能逐一說明。」

可是我和文卡實在太好奇了，很想知道這個奇怪的人是如何進行生殖的。

「好吧。這種人是通過……蛋來繁殖的。」

「什麼？不可能！哈哈哈！文卡，這個傢伙竟然會下蛋！」

「噓！不要打擾其他人看表演！想想看，如果讓這樣的人種看到地球上小孩出生時痛苦又流血的情景，他們可能也會覺得很恐怖。」

我想了想，認為阿米說得很對。

「孩子們，一切都是相對的。好，現在注意接收那位兄弟發出的訊息吧。」

那個很瘦的……男人或者女人，在舞台中央聚精會神地發送訊息。我閉上眼睛，努力接收，可是什麼也感受不到。我想，這是因為剛才聽了那番話情緒還沒有平復。文卡跟我一樣，可是其他觀眾似乎十分投入。阿米明白我們的心情。

「我不應該跟你們講生殖的事情。眾所周知，在你們那樣的星球上，有關『性』的問題總是被看得十分恐怖，卻又用低級的笑話掩飾恐懼的心理。好，咱們得回契阿去。走吧，孩子們，時間不多了。」

在飛船前往契阿途中，阿米說：「你們很快會明白：這次旅行的目的是讓你們看看星球內部有文明世界的存在。我希望你們親眼目睹，進化發達的程度越高，外表的重要性越少。」

「啊，是嗎？當然，阿米，當然……」

「藉著這次旅行，我希望你們看看身上那種『視覺偏見』的毛病有沒有改善。另一個目的是要你們開始注意人們從內心發出的訊息，而不是僅僅看到外表或言行。此外也是要你們多留意自己的內心世界，許多對人真正重要的事都與心靈有關；因此，進化發達的人們比較看重內心，不大看重外表；進化水平不那麼高的，才會看重外在與短暫的事……」

「當然，我們的進化水準還差了一大截。」文卡說道。

「你們只是少了對這件事的『注意』，還有一點點練習而已。」阿米笑著說。

契阿已經出現在我們面前；舷窗外就是契阿世界。

「看！你們的姨父母在那裡！他們倆正在山上享受陽光明媚的午後。」

從監視器裡可以看到克羅卡和戈羅正在湖邊散步；二人互相依偎著，十分陶醉地欣賞著山水風光。特拉斯克搖頭擺尾地跟在後面，幾隻野雞在天上飛舞。我們很快降落到他們身邊。文卡飛奔上去擁抱他們。

「姨父，姨媽，你們睡得好嗎？」

「很好，很好。這地方太美了，我們倆幾乎都忘記有祕密警察在追捕我們，也忘了我們已經失去一切、無家可歸了……」

阿米故作神祕地問他們：「你們願意不願意留在這裡？」

戈羅夫婦興奮得渾身顫抖，以急切的目光盯著阿米問道：「什麼？你是什麼意思？這有可能嗎？」

「當然可能。這座茅屋已經沒有人住了，因為屋主克拉托決定永遠留在地球上，再也不回到這裡來了。」

「他已經成了我奶奶的未婚夫了。哈哈哈。」我還是覺得奶奶和克拉托的浪漫傳奇有些滑稽可笑。

「老實說，從昨天晚上到今天，我們倆一直在認真考慮在這裡生活的事。我們倆都喜歡安靜，所以幾乎沒有什麼朋友往來。以後也許可以在這裡開闢一座果園——類似克拉托的——再蓋一間茅屋，還有……」文卡的姨父母對這個話題興致勃勃。

「如果一切都得從頭開始，你們的年紀似乎大了一些。這間茅屋就是為你們準備的，稍微打理一下就可以了；果園也是現成的，現在也歸你們了。另外，釀造水果酒的全部設備也屬於你們了。水果和酒可以到附近的村鎮兜售，距離這裡大約走四個小時的路程。公路就在那裡。特拉斯克強壯有力，今後也歸你們管理。」阿米一一做了說明。夫妻二人雀躍不已，特別是克羅卡。

「我這輩子一直夢想生活在鄉間，遠離城市的喧囂。戈羅也有這個想法。如今這個祕密的願望終於實現了。這一切好像是在做夢啊！」

戈羅說：「我從小就夢想著生活在大自然裡。為了能在森林中生活，我甚至想要學習農藝。可是，專制的父親強迫我去藥房工作，因為他把畢生的精力都投注進去了。他不肯掏錢讓我學農藝。老實說，我恨透了那家藥房和那個城市……是的，如果有可能，我很樂意留在這美麗的綠色山林裡，生活在這美妙的風景之中。」

「那就沒問題了。好啦，這裡的土地和房屋現在屬於你們了。」阿米開心地宣布。

戈羅聽見這句話，一輩子第一次開心地笑了。他的眼神發亮，四處張望，彷彿還不能相信往後就要和這片美景朝夕相伴。他向山下一道漂亮的河谷望去，那裡是一片碧綠。他又笑了，喜悅和感動的情緒讓他流下了眼淚。這時，他突然有些不舒服，臉色蒼白。我們趕忙扶著他走進屋內，讓他在草墊上躺下。

「我不知道這是怎麼了，可能是太激動了……還有些頭暈……」

「當然會頭暈啊，」阿米開玩笑道：「因為你還不習慣正面的情緒，難免會不舒服。哈哈哈！」

就在這時，發生了一個驚人的奇蹟：戈羅頭部和臉部的長毛開始脫落了……

「戈羅姨父，你要變成斯瓦瑪人了。這是在脫胎換骨啊！」文卡發出喜悅的尖叫。阿米和克羅卡也很高興。可是我不知道發生了這樣的奇蹟後，會不會帶來後患？

「彼德羅，不會有後患的。這是神奇無比的事情。再過兩、三天，我們的朋友戈羅就會變成善良、愉快的斯瓦瑪人了。他在這麼短的時間裡，經歷了種種感情的衝擊，因此迅速地進化。他對從前所相信的虛假事物感到失望，心中就給真正有意義的事留下了空間。當他得知自己擁有了這片美麗的土地、要準備迎接新生活的時候，他受到強烈的正面刺激；這證明了愛心和幸福比痛苦的折磨能夠更快地使人進化……」

「姨父，你現在終於成為真正的人了。」文卡笑著說道。

但是，這個特里人還沒有完全蛻變。他想為特里人辯護。他剛要說話，可是沒有成功，因為幾顆脫落下來的大牙正在嘴巴裡晃動……最後，牙齒落到了手掌上。他嘲笑起自己來。

「祕密警察在尋找一對特里—斯瓦瑪夫妻。這樣一來，這對夫妻就脫離危險了。你們不覺得這很神奇嗎？脫胎換骨後，手印和腳印也會跟著改變——克羅卡，我也會順便把妳的手印和腳印一起換掉，以後，我們在這個國家的內政部工作的朋友會替你們拿到新的身分證。這件事交給我。」阿米滿意地說。

「可是，我們倆不大會講本地的卡伊羅斯語……」

「那麼我就替你們申辦外國人合法居住的證件吧。一切都不用擔心，包在我身上。我還要替你們找書，讓你們學習卡伊羅斯語。」

戈羅聽了放心許多，滿意地笑了。他逐漸變成一個忠厚善良的斯瓦瑪人，順從地接受改造，沒有任何反抗。

「戈羅，現在你應該多休息。這個改造過程對身體無害，也沒有痛苦，不過有那麼一、兩天的時間會感到虛弱。」

這個正在改造過程的前特里人想要說些什麼，可是嘴裡牙齒越來越少，說話漏風，於是笑了起來。

「你別擔心。今天晚上或者明天，新的牙齒就長出來了，但是比較小，當然……」

「當然是人牙。」文卡搶著把阿米的話說完，她故意逗弄姨父。可是，戈羅不但不生氣，還發出露風的「哈、哈」笑聲，引得我們大家跟著都笑了起來。

「我們在這裡會非常幸福的。」克羅卡情感流露地說。

我的知己好友利用這個機會再次提起我們倆最擔心的問題：「沒錯，姨媽，你們在這裡會非常幸福的。但是，山間小屋對於一個應該繼續上學讀書的小姑娘來說是不合適的。您說對不對？」

文卡徹底攤牌了。她能不能到地球和我一起生活，這是我一生最重要的事情。我準備好要力爭到底。但是此時此刻，戈羅心情很好，說出我做夢也想不到的話來：「文卡，妳說得對。妳的未來和幸福不在契阿。過去我腦筋太死板，不信任阿米和那個好孩子、妳的知己好友，讓妳很不快樂。」

我簡直無法相信自己的耳朵。

「那您打算怎麼辦呢，姨父？」文卡提心吊膽地問道。

「我同意妳去地球生活。」

「萬歲——！」大家都歡呼起來，包括克羅卡。

文卡的臉上綻開幸福的笑容。她熱淚盈眶向我跑來，我們倆擁抱許久。現在，這段愛情再也不會受到阻礙。幸福就在光明燦爛的未來等待著我們呢。

蝴蝶、小鳥和昆蟲開始在茅屋周圍飛舞，我知道牠們也為我們高興。

阿米向文卡的姨父表示祝賀：「這個決定真是太棒了，戈羅！你不會失去文卡的，因為只要一有機會，我就會帶她來這裡住幾天，看看你們。」

「謝謝，阿米，非常感謝。」

我記得阿米說過宇宙當局不允許他以飛船作為戀人漫遊的工具，只允許他為宇宙計畫有關的事情提供協助。阿米捕捉到了我心裡的想法。

「這個小姑娘應該再寫一本書，講講最近這些冒險經歷。文卡會在地球上寫這本書，但是寫完之後，有必要派人把手稿帶到契阿來，好讓克羅卡修改，並且在契阿出版。宇宙當局會同意讓我帶回手稿的，因為這是兩座星球之間的重大事情，不是私事。對不對？」

「當然，阿米。」

「但是，文卡和彼德羅可以利用這個機會往返兩個星球。」

「萬歲——！」我們又一次興奮得歡呼起來。

接著，克羅卡問起手稿如何送交出版社。

「克羅卡，這件事交給我處理。」

「可是，祕密警察那邊怎麼應付呢？」

「不會有事的。他們只是逮捕你們夫婦，不會干涉出書的事。我可以透過INTERTOKO寄出手稿。」

「什麼是INTERTOKO？」我問道。

「和網際網路差不多……然後再寄上妳給出版社的出版授權書。克羅卡，你要在授權書上說明：你臨時滯留在遙遠的什麼地方。祕密警察發現新書問世以後，會去出版社調查。出版社的人會告訴警察他們是從INTERTOKO上收到手稿的，其餘的事情就不知道了。這樣文卡就可以完成我交給她的任務。」

接著，還有一些事項需要處理。克羅卡跟著阿米到到飛船上待了幾分鐘，改變了她的手印和腳印。克羅卡還希望阿米把她的頭髮弄捲一點，不過阿米只是笑了笑。隨後阿米要文卡的姨父母列出一張布置新家所需要的物品清單；他說把我和文卡送到地球以後，就可以把需要的物品送來。姨父母說，不需要很多東西，因為他們倆的心願就是儘量過簡樸的生活。阿米十分讚賞這種想法。

接著，我們大家一起開心地動手布置新家：打掃，清洗，消滅蚊蟲，最後清出一大堆廢棄物。就在那堆東西裡，克羅卡發現了克拉托那有名的羊皮書。文卡想要留下做紀念，但戈羅從房間聽見了文卡的要求，立刻表示反對：「不行，不行！那羊皮書是神奇的東西。要把它留在這裡，因為是在這裡寫成的。我做一個木框，把羊皮書放進去，掛在屋裡最顯眼的位置。」

大家都認為這是個好主意。

克羅卡打算把垃圾燒掉。但阿米說，不要污染大氣環境。他回到飛船上去，從那裡射出一道射線，把那堆垃圾消滅得乾乾淨淨，地面上沒有留下一點痕跡。我暗自想著：儘管阿米說他們沒有武器，但實際上是有的……

阿米捕捉到了我的想法，解釋說：「但是，我們不朝著人射擊。」

稍後，阿米說，應該出發了；因為第二天他得去更遠的地方完成另外一項任務。文卡和姨父母告別；她十分捨不得離開，但不算太難過。事實上，戈羅夫婦（現在也是我的姨父母了）也十分期待新生活的來臨，這樣的情緒減輕了離別的傷感。然而，我仍難掩激動的心情，因為戈羅不再是從前的戈羅了，而是一位善良、忠厚的典型斯瓦瑪人。他甚至還對著我微笑，不時友善地輕拍我的頭。我對他越來越有好感。

阿米說：「假如這個小姑娘集中精力趕快完成她的作品，我們會很快回來的。」

「我明天就開始動手！」文卡喊道。

9 桑巴拉

在飛船上落座以後，阿米告訴我們，在把我們送回地球之前，他還要帶我們去看一個特別的地方。他說，這個地方比起從前他讓我們看過的都還重要。我想，大概是去看一個新的星球，因此地球一出現在舷窗外面時，我說：「阿米，這是地球啊！」

「當然啦。我請你們看的東西在遠處呢。」

「噢，一定不是什麼特別新鮮的玩意兒。你說過要讓我們看一種海底文明，是不是這個啊？」

「不是。不過，咱們下回去契阿送文卡的手稿時，可以參觀一個海底文明；不一定是在地球上。另外，還可以看看人造星球，如果……」

文卡打斷了阿米的話：「為什麼要建設人造星球啊？」

「任何一個『太陽』都會有『死亡』的時刻；它會爆炸，把周圍的所有行星燒焦。

在爆炸之前，『太陽系』的居民必須全部撤離。因此，需要建造人工星球。這些星球就像巨大的太空船一樣，可以被指揮調動，繞著另一個『太陽』公轉。如果你們願意，到時咱們可以順便看一眼。現在先注意你們馬上會看到的地方。」

阿米讓飛船的高度下降。我們開始向喜馬拉雅山脈前進，準備隨後高速向其中一個山頭俯衝下去。我明白這就和去沙亞—撒林和愛克思的情況一樣，飛船要穿過厚厚的岩層到地球內部，所以我並不害怕。但是，文卡仍然和以前一樣害怕得閉上眼睛。我很好奇在穿越岩層時，舷窗外面是什麼樣的景觀呢？結果窗外只出現一瞬間的漆黑，隨後重現光明。

「孩子們，咱們又到了文明發達的世界了。」阿米開心地宣布。

我心想大概會看到類似沙亞—撒林或者愛克斯的景觀，但是不然。前兩者給我的印象是現代化的城市，而這裡卻讓我覺得像是舉行盛大慶典的地方——因為舷窗外面出現了一個蓋滿半圓形矮小建築的白色城市；唯一的例外是一座巨型球狀建築物，它聳立在城市中心，顯得富麗堂皇。那個顯眼的球體，有四隻微微彎曲的「手臂」在周邊支撐，底部則落座在地面上。看來，這座建築物是這個地下基地中最重要的建築；

因為有四條兩側種滿花草樹木的大道朝它會合，終點就在四隻「手臂」那裡。

我看到地面上有許多人和飛船在活動；但是秩序井然，絲毫不忙亂。

「孩子們，這個基地叫做『桑巴拉』。」

「桑巴拉！我聽過這個名字，阿米。好像曾經出現在一首歌曲裡……」

「彼德羅，有可能，因為桑巴拉在許多古老的傳說中出現過；與阿卡迪、多拉多、香格里拉以及其他一些還不那麼有名的基地一樣。」

「既然是祕密基地，怎麼會出現在古老傳說中呢？」

「彼德羅，很多古老傳說之中包含著真理，啟發人類走向理智之路。有時，我們自己也會刻意留下一些足跡，就像你們寫的作品一樣，如夢似真。咱們準備在那個球形實驗室附近降落。」

「實驗室？我還以為那是體育場呢。」

「不是體育場，彼德羅。或者我該說這是一座神殿，因為裡面執行的工作與世上所有神殿內所做的一樣，也就是與心靈力量達到最高水準的人的心靈活動有關係。」

我不認為世上所有神殿的目標都一樣。

「如果不考慮宗教體系，也不從那麼世俗的角度來看，神殿最高的目標就只有一個。這就好比，你使用的電力可能來自熱力發電廠、核電廠、風力發電廠、太陽能發電廠或者水力發電廠；不管電力的來源是什麼，對你來說都一樣。」

「明白。」

「好，我要讓你們認識一位朋友。準備下飛船吧！」

一踏出飛船，我明顯感覺到那座城市有一種神祕的氣氛迎面襲來。

「彼德羅，你的感覺是正確的。你已經發現這裡的氣氛格外不同，特別崇高和優雅；因為咱們來到了地球上一個重要的心靈中心。另外，這表示你更加注意自己的內心感受了。」

「這座城市與沙亞—撒林不一樣嗎？」文卡問道。

「不一樣。各個基地在不進化或者說是不文明的世界裡，各自從事不同的工作。像是沙亞—撒林負責監控契阿星球社會政治的進化狀況；有些基地關注生物進化的情況；有些基地則注意文化與科技層面。而桑巴拉是監督人類精神進化的中心之一。」

那座聖殿位於類似鑽石或者水晶材料製成的巨大平台的中央。我們的飛船停在那一大片寶石地板，那裡有個專供空中交通工具停泊的場地。

「孩子們，這裡是地球上最大的水晶平台，由一種相當精緻的水晶製成，它有一種集中和擴大心靈顫動的能力。聖殿內部進行著許多生產高尚心靈或者精神振波的工作，那些能量由此發射到全球。」

我們先去了一趟「消毒室」，然後下降到地面，向聖殿走去。高舉球體的四隻「手臂」外側有兩排睫毛般的自動電梯；右邊上升，左邊下降。自動電梯通往位於球面中央的入口。我們登上電梯，開始上升。電梯沒有欄杆，台階寬度不超過一米；隨著高度的增加，令人越來越害怕。我努力克制暈眩的感覺，而且儘量靠近牆壁一側站立。文卡在我前面，她驚慌地看了我一眼，害怕得幾乎要跪下來。我從後面抱住了她。

阿米說道：「文卡，別向下看！不會有事的！讓自己的心保持平穩，以平靜的心情緩緩上升。」文卡照著阿米的吩咐調整自己的心情，感覺果然好多了。

我覺得這自動電梯太危險了。萬一頭暈沒站穩，那一下子就……我認為電梯不安裝欄杆是很不明智的，不然就是故意折磨人。

「孩子們，聖殿所進行的工作是為了提高精神的力量；這種力量的質量取決於我們的身心狀態；凡是沒有勇氣、或者身體狀況不佳、無法登上電梯的人，就沒有資格進入這個地方，因為他不能發出高水平的精神力量。」

這個道理我明白，但是我想到了奶奶。儘管奶奶是個大好人，精神狀態也很好，但是她老人家一定無法搭乘這種電梯。因此，我覺得這種設計有歧視的意味。當然，我的想法又讓阿米「聽見」了。

「彼德羅，奶奶是個大好人，精神也很好；但是，凡是在這裡工作的人，都對全人類懷有強烈的責任感；他們為了做好工作，必須保持最佳的身心狀況。這個電梯可以讓他們在進入實驗室之前先進行『自我測試』。如果在電梯運行過程中感覺心裡不安穩，那麼即使到達終點也得折返，等到第二天再來；直到感覺百分之百沒有問題了，才能開始工作。良好的身心狀況是良好的精神狀況的可靠保證，因為我們的身體是我們靈魂狀態的立體投射。」

這一次我明白了。那不是歧視，而是心靈的「專注程度」問題。

我們到達了終點，來到實驗室——聖殿門前。

「孩子們，要保持安靜，心懷虔誠。」

我們遵照阿米的指示。

從入口處向裡面走去，出現了環形走廊和植滿花草矮木的露台，另外特別引起我注意的，是從放了座椅的地方——大概是為了供人們觀看下面發生的事情——可以看到下方正中央鋪著一塊光潔的水晶石板。石板上有一座閃爍美麗光芒的聖壇；其中最醒目的是七塊各高約兩公尺的發光寶石，形狀像紀念碑，每塊的顏色各不相同。七塊巨大的寶石安放在鑽石般發光的水晶三角座基上，一群身穿白衣、頭戴風帽的人圍繞著其中一塊紫色寶石。

「彼德羅，那是純淨的鑽石，能將那些穿白衣、戴風帽的人的精神振波更完好的傳送出去：從寶石上傳送到水晶地面，再從那裡傳送到全世界人們的心中。」

下面那裡有很多人，大部分屬於紅種人。他們比地球人高大，有兩米左右，但是比不上大約有三米高的奧菲爾人。他們的頭部比我們地球人大，身材修長，好像運動員一樣。他們的衣裳寬大，沒有衣領。男人沒有鬍鬚；女人體形纖細，不像地球人那樣曲線明顯。他們的臉部皮膚看起來很緊實，好像做過美容手術，

完全沒有皺紋。他們的眼睛很大，目光平和，眼球的顏色與地球人相似——也就是說，有黑色、栗色、灰色、綠色和藍色及其中略為深淺的顏色。皮膚的顏色接近古銅色。頭髮的顏色介於栗色和金黃之間，略為捲曲。無論男女都是短髮。我沒發現有地球人。

「這裡有很多地球人。」阿米微笑著低聲告訴我。

我一個也沒看見，除非他們在下面穿戴白衣風帽的人群裡。這時他們高舉雙臂，不知是在唱歌還是在祈禱，但都拉著長長的音調。那股氣氛和聲音都很美。文卡受到影響，情緒開始激動起來，熱淚盈眶地注視著我。我感覺到一陣陣異樣的振波，讓我渾身起了雞皮疙瘩。

「孩子們，別那麼激動！咱們還要到下面去。」

我們繼續下到有水晶地面的那一層，距離圍繞著紫色寶石的那列隊伍很近。阿米引導我們向一扇側門走去。進門後，走下一道直通地下室的階梯，踏上一條明亮的走廊。走了一小段路之後，邁進左側一間會客室，有個身材高大的男人站在講桌後面等候我們。他不是地球人，而是當地人。他和藹地——確切地說是親熱地——望著我們，一面問候我們：先對著我們伸出右手掌心，隨後把手掌放在左胸口上。這種問候的方式與沙亞—撒林的那兩位偽裝的特里朋友一樣。

「孩子們，歡迎你們來到桑巴拉。我叫石魯克，負責協調這個實驗室裡的活動。大家請坐吧。」

我們坐下了，石魯克也跟著坐下。他的模樣讓我想起在上次漫遊途中認識的「少校」——就是那位負責指揮援助地球計畫的人。但是，仔細觀察後發現兩人並不像：石魯克感覺更容易親近，更有人情味，不像少校那麼令人敬畏。

阿米解釋說：「他跟少校屬於同一個星球的種族。」

「真的嗎？難怪他讓我想起了少校。」

石魯克以崇敬的語氣說：「少校可真是我們種族裡充滿光明愛心的人！好了，孩子們，有什麼問題要問嗎？」他笑著問我們，語氣十分和善。

我一時想不起什麼問題。文卡問：「您是從哪個星球來的？」

阿米和石魯克都笑了。我問他們倆在笑什麼。

「因為文卡提出一個相當好的問題，讓石魯克可以直接進入主題，不必拐彎抹角。

可是答案會讓你們吃驚……」

文卡不相信地說：「我們不會吃驚的，因為我們已經認識不少出生在遙遠世界的外星人了。」

「我不是外星人。我是地球人。」石魯克神情認真地說道。

「什麼?!」

阿米看著我們吃驚的樣子大笑起來，他說：「在『宇宙生活』裡，你們的第一次漫遊屬於A級，你們的讀者也屬於這個級別；第二次漫遊屬於B級；第三次則屬於C級；每一次都在『宇宙生活』裡深入一步。現在，請做好心理準備，因為以下的話語充滿爆炸力！」

石魯克繼續解釋說：「這裡是我的世界。我就出生在這裡，我的祖先也生在這裡。我和這裡你們能看到的所有兄弟，我們都是地球人。」

這麼先進的人竟然是地球人！他們一代又一代地生活在我們地球上！……阿米說得對：這番話讓我們大大吃了一驚。

「不過這裡也有偶然路過的兄弟，他們來自一個我們幾千年前離開的遙遠世界。」

石魯克還在滔滔不絕地說著，但是我從他的話得到了一個結論。如果說知道他是地球人讓我們吃了一驚的話，那麼這與後來他告訴我們的事情讓我們倆吃驚的程度相比，簡直不算什麼。

石魯克開始舉例說明：「孩子們，在像你們這樣的世界裡，一開始，有人前往荒蕪人煙的偏僻地區安家落戶。他們創造了種種灌溉播種的方式，播下種子，飼養牲畜，生兒育女，在經年累月的勞動後終於開發出一塊可以生存的地方。隨後，又有人來這裡安家落戶，使這個地方不斷擴大，逐漸出現了村莊、小鎮、城市。於是，這從前一無所有的地方，在人們努力下創造出生機。這些人是先驅，是開拓者。之後，國家建立了，但是還有大面積無人居住的地區，這時政府就會鼓勵人們移民墾荒，有時也會資助那些移民先鋒，因為一個國家越是開疆拓土，就會越強大。

「這是生命的必然趨向：發展，壯大，包容更多的東西，不斷地完善、再完善，目的是在越來越好的條件下生存，給子孫後代提供越來越好的生活。

「根據友好同盟中進化程度最高階層的意願，以及神聖計畫的內容，進化世界的友好同盟從幾百萬年以前開始，在各個星球上陸續播下生命的種子。」

我記得在這之前，阿米從來沒有告訴我們友好同盟還要負責在銀河系播種生命。阿米捕捉到了我的想法，他說：「你忘記卡里布爾了？」

啊，是的！在上次的漫遊中，阿米帶我們去過卡里布爾，那是天狼星系的一座星球；他告訴我們：那是一座培育植物物種的工作站，只有幾個遺傳學工程師住在那裡。我幾乎忘了這次遊歷，因為就是在那裡，我和文卡認定了彼此是永遠的知己；所以，我對卡里布爾的回憶總是與愛情聯結在一起。

石魯克繼續說道：「友好同盟是由許多聰明人種所屬的文明團體組成的。有些人種很早以前就加入了友好同盟；有些人種是不久前加入的，因為他們的進化程度必須達到被認可的標準，才能被接受為同盟成員。」

這些入盟的條件，阿米在第一次漫遊時告訴過我們。他說，為了具備加入同盟的資格，世界必須大同，不再有國家之分，各個民族組成統一體，由世界政府領導。但是，一個獨裁的星球政府也有可能被誤認為是世界政府，而這是同盟不願見到的，所以統一後的世界必須遵守宇宙基本法則，也就是愛心法則。如果遵守這一法則，就不再有痛苦和不義了。遵守這個法則的文明世界才能被接納為同盟成員。

「每個被接納入盟的文明世界，經過一段時間的進化和進步，在同盟的協助下，逐漸邁向下一個階段：在一個缺乏智慧生命的世界裡為改善它們的生活而努力。

「銀河系當局派新的播種人到一個年輕的星球——那是個面積和重力都適合屬於它的特有物種生存的世界——他們必須在那裡建設工作基地，而且要在基地住上幾千年。

「你們的時間表與我們的不同。我們的民族在幾百萬年以前就來到這個世界。我們先是在軌道基地上安家落戶，隨後建設了地下城市，並且遷居於此。我們的工作是改善生態系統，目標十分明確。為了實現這個目標，我們改造了一些現有的人種，又在我們的遺傳實驗室裡創造了另外一些人種，還從其他星球上運來一些人種，讓他們適應地球的條件。此外，我們還進行了一些氣候和海洋資源的工作。

「我們這個種族來自宇宙；但是，我和絕大多數在這裡的人們，都屬於好幾代居住在地球上的家族。我們熱愛地球，如同農民熱愛他開闢的農場和居住的家園一樣。另外，這個美麗的家園是我們祖先和他們的後代——也就是我們——生存的世界。就因為這些原因，我們打從心裡認定自己是地球人。我們來到地球的時間比你們早多了。」

這時，我方才明白，就因為如此，所以他們覺得自己有權利「察看」我們。看來，「原住民」是他們，而不是我們……

（說到這裡，我要暫時打個岔。）

過了一段時間之後，阿米給了我一個「神奇的幫助」（下一章會詳細說明這件事），使我了解了達爾文的進化論。那時，我突然想起石魯克的這一番話。

「咱們在桑巴拉的時候，石魯克說過他們曾經介入地球的生命進化過程。可是，那達爾文的理論又怎麼說呢？」在阿米離開前，我這樣問過他。

「自然進化確實是存在的；但是，為了產生預期的結果，進化是可以按照特定的意圖發展的。現在，你們的遺傳研究中心就在做類似的事情。如果你想要具有某些特徵的蘋果或者兔子，指望自然進化是不可能的。」阿米回答。

回到剛才的談話。只見石魯克繼續說道：「所以我們就幫助猿猴進化，因為牠們即將成為整個創造目的——也就是人類——的祖先。現代的人類是我們實驗室從事基因混合的結果，也就是地球靈長類的基因與我們這些外星人基因的結合。」

聽到這裡，我打了一個寒顫——我們居然是他們創造出來的！

「為了減輕人類生活的困難，並保護他們的存續，我們讓動物出現或者進化，因為這些動物對人類非常有用；像是馬、駱駝、大象、雞、狗。我們還為人類創造了糧食，像是稻米、小麥、玉米、水果、馬鈴薯等。」

我和文卡聚精會神地聽著石魯克的說明。

阿米告訴我們，契阿大體上也經歷了類似的事情，不過，是由另外一種外星人執行的。他們是在沙亞—撒林最具優勢的人種，也就是我們那兩位化裝成特里人的朋友所屬的人種。

石魯克繼續說明道：「現代人類是天地之子，所以他們表現出來的水準有時低於人類，有時高於人類；他們既有動物性，也有宇宙性。」

這番話解開了我許多疑問。

接著，石魯克做了簡單的結論：「創造地球人類的目的是要使一種新人種現世，這種新人經過進化達到加入同盟的水平之後，就具有與同盟合作的能力了。所謂合作，不是你們想像的那種什麼『銀河系大戰』，而是參與銀河系大批生命的文明進化工作。新人類一旦加入同盟，就可以得到科技和精神層面的援助，從而永遠擺脫痛苦、不義、危險和死亡。」

這番話讓我有茅塞頓開的感覺。一切我都明白了：阿米訪問地球的意義，我寫書的意義，「援助計畫」的意義，信仰的深層意義等等，我都明白了。

剛剛提到的「神奇的幫助」，讓我也對古代的印加文明有所認識。我覺得石魯克講述的關於人類的故事，可以與印加人做的一切互相對照。

印加文明比南美洲任何文明都更發達，而他們是從更高、更聰明、更與自然和宇宙和諧的角度看待生命。因此，他們的做法與其他征服者不同。他們對待不發達的部族，不是消滅、暴力統治或奴役，而是提供保護和文明教育。此外，為了與那些部族合作，他們反倒是請那些部族和平、自願地加入印加帝國。因為如此，印加帝國逐漸擴展，其領土包括了南美洲的大部分；境內沒有不公正現象，沒有獨裁和暴政。每個公民都可以得到帝國的保護。許多歷史學家認為，歐洲國家在同時期的社會保障系統與印加體系相比，還落後了一大截。但是，印加人沒能把其他一些部族納入；例如生活在亞馬遜森林地區的部落，因為這些部落實在太原始了。

我們目前的進化水準就與那些亞馬遜土著差不多。我們太自以為是，不肯加入更高級的體系——那裡一切都是友好而樂於分享的。但是，如果我們能和平共處，最後一定可以加入文明發達世界的友好同盟；我們就是為達到這個目的才被創造出來的。

石魯克還說，在全體人類的進化過程中，每個人都有自己一份責任；因此，每個人必須努力克服自己的缺點，提高進化水準。他強調，這是每個人自己的工作，因為只有從個人努力提高自身水平出發，全體人類才能向前進化發展。

他還說，我們目前正處於發展的特殊階段；在這個階段裡，如果我們繼續放任體內的獸性壓倒人性——這種情況從人類原始階段直到現在屢屢發生——那麼我們的文明必然會走向衰敗，因為現在世界各個民族是互相依存的，並且目前地球已擁有具高度破壞力的高科技。如果將現有的科技應用在保護和改善地球生命，以及提高文明的程度上——如同一個高度智慧人種應該做的——那麼在很短的時間裡，我們就可以建設一個為全人類服務的幸福新世界。

隨後，石魯克補充了阿米在第一次漫遊所說過的：一旦發生大災難，有幾百億人會失去生命；友好同盟會前來營救進化水準適合改造成新人類先驅的人們。

石魯克說，希望不要發生那樣的災難；因此，凡是覺悟到目前形勢的人們應該努力工作，散播光明；既要照亮自己，也要照亮別人。

他特別指出，我們千萬不要變成「啟示錄裡的先知」，也不要變成「死神的信使」；如同許多這麼做的人一樣。他們以為自己是在為人類進化效力，實際上，他們是在散布驚慌、恐怖、令人焦慮絕望的訊息；這只會更加降低人類心靈的質量，降低了全人類得救的希望。

石魯克最後說道：「已經沒有太多的時間了。」

這句話使我毛骨悚然。我想，他也陷入矛盾了，因為他說的這些話就就像是「死神的信使」發出的言論。但他解釋說，他的意思是「已經沒有太多可以浪費的時間了」。在此之前，不認真努力改變自己的身心狀況或許還能僥倖度日，可是從今以後，每個人都必須把自己改造成愛心信使，而且要在自己的生活中有所表現。

我對這樣的要求不太能接受，因為我雖然已經見識過許多高水準的事物，但實際上仍是個正常的小孩。和大部分的小孩一樣，儘管我不是小流氓，但也說不上是「愛心信使」。我達不到這個目標的理由有三項：第一、因為我的能力不夠，進化水準不夠高。第二、即使我的進化水準夠高，我的行為舉止也不可能與眾不同；不然學校和鄰居孩子會拿我開心，欺騙我，戲弄我……所以我那時的表現跟大家差不多，離愛心使者的標準很遠。第三、我奶奶說過，認識這麼多高尚的人士對我不見得有好處，因為我不免會把身邊的人同阿米以及奧菲爾星球的人作比較，而自認為比他們優秀，不再能坦率地和他們相處。結果，我不但沒有變成更有愛心的人，反而事與願違。後來，阿米讓我領悟到我看不見自己的缺點，卻只看到別人的，這樣反而更糟……

後來石魯克說的這番話讓我稍感安慰。他說：「你們應當每天漸漸克服過去和現在的缺點。這得從頭開始才成，也就是說要清楚認知你們生活的主要目的，就是努力提升愛心。先由內心開始，再擴展到行動。腦海裡常存這個目標，保持充沛的熱情，直到自己變得更好，更有良知與責任感，也更有愛心與善行。但是，我再強調一遍：這是一項漸進的工作：先克服一個缺點後，再克服另一個。」

接著，他告訴我們，有可能發生全球性的重大變化，但是不需要以大量死亡和痛苦為代價，不過我們一定要明白：「已經沒有太多的時間了。」

然後他說，諸如愉悅、幽默感、樂觀、希望、勇敢、心靈純潔、信心、寬恕、負責、樂於助人與真正的愛心，都是越來越不可或缺的人格特質；因為這些才是人類需要的文明力量。他又說，我們應該遠離一切散布恐懼、絕望和墮落的東西，不論這種東西是在我們心中還是身外。而且，我們也要嚴格約束自己的言行，並結交良師益友。

在結束講話之前，他特別提到有些缺點我們應該儘量克制；因為這些缺點如果很嚴重，會妨礙自我提升。這些缺點是：嫉妒、自私、暴力、拜金、害人之心、忘恩負義、脾氣暴躁、各種不負責任的行為，以及我們信仰中警示的全部戒律。

我特別注意到嫉妒和自私被列於重大缺點之首。對於多數人而言，這兩樣毛病是天天與我們共處的。

「建立新世界的基礎之前，這些壞毛病必須徹底根除，因為它們會造成人類社會的分裂，叫人們反而得不到他們所追求的美好世界。」阿米這樣解釋道。

石魯克為我們一一開啟了智識的窗口。後來，我們跟他比較放鬆地聊了起來。我首先發難：「原來是你們創造了我們。」

「是的。但我們把你們看成兒子一樣。」

「儘管我們只有一半你們的基因？」

「每個兒子都只有母親或者父親一半的基因，因此我們完全把你們當成自己的兒子看待。」

「啊，的確是。難道地球上所有種族都是你們的後代嗎？」

「當然。」

「可是種族和種族之間，為什麼差別那麼大呢？」

「孩子，那只是表面上的差別；例如膚色之類的。差別的產生，是因為起初人類族群之間居住得很分散，彼此不相往來。隨著時間的推移，不同的環境條件和遺傳規律使得每個民族逐漸有了自己外部和心理的主要特徵；但是就實質而言，地球上的每個民族起源是相同的，大家同屬於一個大家庭。」

「可是，為什麼你們比我們高大，卻比奧菲爾人矮小？他們也是你們的後代啊？」

「這些差別同樣無關緊要。身高和進化水準之間沒有任何關聯；不然的話，恐龍應該是非常聰明的。身高的差別也與環境條件有關。奧菲爾上的自然資源比地球更有利於人類的發展。我們的生活條件也比你們的利於繁衍，因此建造出與你們不同生態的基地。另外，在這裡人與人之間不會彼此競爭，」他笑著說道：「而是以合作取代比賽。這就使得我們的生活比你們輕鬆。這裡沒有人死於心肌梗塞，沒有人會因為生存飽受壓力。」

文卡說：「還有一件事我不明白。」

「什麼事？」

「與其創造新的人類，為什麼你們不直接在地球或者契阿複製自己就好了？那不是更容易嗎？」

石魯克笑著說：「如果花園裡只有一種鮮花，看起來會不會太單調了呢？」

「啊……對……當然。」

「愛心之神是創造力豐富的造物主，他創造、改善和美化萬物，與大家分享宇宙。」

「另外，生兒育女、繁衍後代是好事啊，對不對？」阿米補充道。

「啊，當然。」

「我們十分為自己的子女感到驕傲。」石魯克親切地笑著說道。

「什麼？為我們感到驕傲？但我們明明是野蠻人啊！」

「孩子，沒有那麼嚴重。想想人類從穴居時代到現在獲得了多大的進步，再想想人類在藝術、科技知識方面的重大進展吧。的確，你們還不十分注意心靈或者精神層次的重要性；但是，在物質方面的成就是十分突出的。你們已經能夠製造飛船，可以去太陽系探險，並且深入研究遺傳工程。此外，地球人培養了多少思想家，多少科學家，和多少藝術家！有多少人英勇不屈地為人類的福祉、自由、和平等等而奮鬥！別忘記這一切成就使你們的生活獲得改善。不錯，確實還有不盡人意之處，一些關鍵的問題還沒有解決；但是，你們已經準備加入宇宙友好同盟了……」

「真的嗎?!」

「我是說有這種可能性，儘管你們現在還做不到；由於你們還不明白理當組織起來的意義，因此你們目前還不能加入友好同盟。這是可以學習並且迅速付諸實踐的。地球人具有完成全人類的幸福大業的充分潛力；許多人在自己的工作崗位上無私奉獻，做無名英雄；此外，還有許多人願意幫助別人，但是不曉得如何去做。」

「那我們還缺什麼?」

「唯一妨礙你們全面提升到更高水平的因素，就是還沒有產生整體觀念的變化。領導你們文明發展的物質主義，應該要被能改善人類內心的思想所代替。」

我覺得這話說得太明白透徹了。

「石魯克先生，您說得相當正確。可是為什麼人類還沒有這樣的思想轉變呢？」

「因為掌握世界航程的舵手是一小撮不顧集體幸福、只管自己利益的人；由於他們有權有勢，就把全體人類導向『他們認為』有利的方向去。」

文卡氣憤地說：「他們會遭到報應的！」

「但是，世界的需要和良心的覺醒，很快會改變目前這種狀況；在這個轉折點上正需要你們的幫助，使情勢的變化盡可能和諧地進行，以免因為抵制變化而引起巨大的災難。要想做到這一步，只有全面提升良心才行；而良心是愛心的果實，是受愛心智慧引導的結果。因此，目前最重要的就是在地球上廣泛發揚愛心精神。」

我們懷著十分感動和感謝的心情告別了石魯克。我請他向桑巴拉轉達地球人的衷心問候。

隨後，我們返回飛船，向海濱的家前進。

我和文卡對桑巴拉之旅所領悟到的一切感受很深；特別是因為現在我們明白，我們的世界還不算太糟，且全面性的變化並非遙不可及。

「如果你們希望世界更美好，沒有令人恐懼的事，那就努力改進自己吧！」

10 神奇的幫助

我們走進家門時，克拉托正在跟著奶奶練習瑜珈。

「里里，我不知道怎麼把身體扭開。我的脊椎骨肯定要斷了……嘿，他們回來了！呵呵呵！」

「看他們的表情就知道順利得到批准了。是不是，孩子們？」奶奶笑著問道。

「當然。文卡可以住下來啦！」

「神啊，謝謝您！聖西里羅，謝謝您！阿米，謝謝你！」

外表改造成功的克拉托問道：「難道那個畜生戈羅同意啦？」

「就是啊。他很高興呢。」

「這不可能。特里人可固執得很。阿米，你做了什麼？給他施展催眠術了？」

「你腦筋糊塗了嗎？我們是不能任意使用催眠術的。」

「啊……那麼，他一定變成斯瓦瑪人了……肯定是這麼回事，對不對？」

我們驚訝不已。真讓他猜中了！

「是的，克拉托，事實正是如此……你是怎麼知道的？」連阿米都感到意外。

克拉托裝模作樣地說道：「嘿，不是只有你這個外星兒童有辦法猜出別人心裡在想什麼。」

「克拉托，老實說，你是怎麼知道的？」文卡因為吃驚而睜大了眼睛。

「因為我從前是特里人，所以我知道特里人的想法不可能改變，除非變成斯瓦瑪人……呵呵呵！」

「孩子們，知道嗎？我覺得克拉托是對的。假如戈羅沒有轉變成斯瓦瑪人，很難說他會不會允許文卡出來。」阿米沈吟了一會兒之後說道。

「戈羅變成了斯瓦瑪人，是因為我透過聖西里羅懇求神協助我們。神聽到了我的心聲。看見沒有？孩子們，神是存在的，真的存在。」奶奶說道。

「這正是我經常對克拉托和彼德羅說的話。」

「你們都說得對。就為了這個應該好好喝上幾杯葡萄酒。」

「別做夢了！你這個山上來的老酒鬼。」

「我不過是品嘗品嘗罷了。我喝酒可是很有品的……戈羅和克羅卡對我的天堂有什麼看法？他們倆決定永遠住在那裡了。對不對？」

我又一次驚訝得目瞪口呆。

阿米笑著說：「克拉托，你又說對了。他們倆在那裡很幸福。」

「克拉托，我在想你真的有點本事……」文卡越來越迷惑了。

「這妳還懷疑嗎？呵呵呵！其實不是那麼回事，美麗的小姑娘。他們倆沒有地方可去，我那裡有茅屋，有現成的農場和果園，還有果子酒和野雞，難道他們還不住下來嗎？呵呵呵！對了，我那可憐的特拉斯克過得怎麼樣？」

「牠很好，克拉托。因為現在有了『爸爸』和『媽媽』。」

「嘿，這個叛徒！看見沒有？狗和女人一樣不忠實！呵呵呵。說真的，孩子們，我很高興。這讓我這個老頭放心多了——啊，不對，老頭是從前的事了。多虧外星兒童讓我返老回春了。沒給我帶點『卡拉波羅』肉來嗎？」

「沒有，克拉托。我寧可看著野雞飛跑，不想讓它變成你鍋裡噁心的肉塊……」

「這個、這個……我認為你說得對。我保證：再也不做傷害動物的事了。」
「克拉托，你不再吃肉啦？」
「我保證再也不吃『卡拉波羅』肉了。呵呵呵！」
當然不吃了，因為他在地球上是弄不到的。
「真是仁慈啊……」阿米的臉上並沒有笑容。
不一會兒，阿米似乎想到了什麼。他說：「為了讓你們在地球上長久地生活，咱們得做些具體的準備工作。首先來解決這個姑娘的『面子』問題吧。馬上動手！文卡。咱們上飛船去！」
「萬歲！」文卡興奮地歡呼道。
「我也一道去，因為我要確保……」
「不行，彼德羅。你留在這裡。我可不想一面幹活一面看著一位總是不滿意的『顧問』在身旁虎視眈眈。走吧！克拉托，我需要你也上飛船。」
「外星娃娃，我已經很體面啦。」克拉托說。
「我得再替你調整一下，好配合地球人的規矩。時間不多了，大家動作快點吧！」

他們三個走出屋外。我留下來跟奶奶說話。

「奶奶，如果維克多來的話，我不知道怎麼向他解釋有關克拉托和文卡的事情。」

「彼德羅，咱們不能說出真相，可是我又不願意撒謊……」

「而且，他們倆不會說西班牙語啊。維克多可能會問他們倆是從哪一個國家來的，他們會說一串他聽不懂的話；可是如果維克多剛好聽得懂幾句，那麼……」

「不錯。當著維克多的面，咱們也不能稱呼他們倆的名字，因為他們倆的名字曾經出現在書中。」

「奶奶，您說得對。」

「另外，他們倆沒有身分證明文件。文卡怎麼去上學？我和克拉托怎麼結婚啊？」

「您想跟那個山上老頭結婚?!」

奶奶非常嚴肅地看了我一眼。

「啊……是啊，當然，您是很遵守信仰規定的……另一個問題是：克拉托以後怎麼辦？他能做什麼工作？」

「放心，神會幫助我們的，還有阿米和聖西里羅也會助我們一臂之力……」

這時，院子裡傳來一個男人洪亮的聲音，他邊走邊問：「有人在家嗎？」那個人講的是西班牙語，聲音聽起來很陌生。他不是一個人來的，因為這時又傳來一個女人的聲音：「他們倆看到咱們的樣子一定不敢相信……」

「奶奶，來的是什麼人啊？」

「不知道。我聽不出是誰……希望阿米不要心血來潮突然冒出來……」

「您好，奶奶，我們回來了。」

走進屋裡的正是阿米。我擔心他會撞見那兩個陌生人。可是，隨後出現在我們眼前的是克拉托……

「講西班牙語感覺真不錯。呵呵呵！」

我驚訝得合不攏嘴，因為克拉托竟然說出流利的西班牙語……

「你好，親愛的彼德羅。」一個頭髮烏亮微捲、有著美麗大眼睛的姑娘說道。她穿著海灘裝，展露苗條動人的身材。她也說西班牙語。我恍然大悟：她是文卡！她的外貌有了明顯的改變，不過五官輪廓還是一樣的。另外，她現在的身高和我一般高……

趁我和奶奶還說不出話來的時候，阿米連忙說明：「紫色眼睛和玫瑰色頭髮會讓維克多懷疑，而現在這個模樣就是道地的地球姑娘了。我還把她的身高減少了一點。至於她講西班牙語的本領，我在飛船上有個儀器，幾分鐘之內就可以學會任何語言。」

「呵呵呵！現在我腦袋裡裝了西班牙語語法、全部詞彙、一萬八千首詩、五百五十部長篇小說、地球史概要、人類知識以及最重要的宇宙法則與祕密。太神奇了！」克拉托的發音可說是正確而接近完美的。

「我也擁有同樣豐富的知識！」文卡快活地喊道。

我總算從驚訝中平復下來，準備面對並接受這一連串的變化。我想看看文卡的耳朵，她輕輕撩起了頭髮。

「喔……地球人的耳朵，而且很漂亮。一句話：文卡，妳好美！現在，妳的外表有了變化，但是妳的內心對我而言並沒有改變。還有，我再也用不著仰頭看妳了。」

我們都摘下了翻譯通耳機，今後再也不需要它了。

「另外，阿米讓我的腿部增加了肌肉！」

阿米說道：「是的，她本來的腿太細，和地球女孩不一樣。我這樣做不是為了滿足她虛空的虛榮心。」

文卡嘟嘟囔囔地說道：「虛空的虛空，虛空的虛空，凡事都是虛空。」

「文卡，妳在說什麼？」

「沒什麼。我想起《聖經．傳道書》裡的一段。」

我問道：「什麼是〈傳道書〉？」

「是《聖經》裡的一卷書。」她的語氣似乎在嘲笑我的無知。有某種東西開始讓我不太自在……

克拉托揮動著雙臂朗誦起詩歌，顯得十分快活，他在模仿一位英國演員，但是那滑稽的樣子讓表演顯得太戲劇化了。他朗誦道：

人在成長過程中總會明白
嫉妒就是無知
模仿無異自裁
應當接納自己
就像接受家產

不論好壞

朗誦完畢，克拉托哈哈一笑道：「這是愛默生（RalphWaldo Emerson）的作品。他是美國詩人，西元一八〇三年生於波士頓。呵呵呵！」

文卡興高采烈地補充道：

即使廣闊的宇宙充滿親切慈愛
若人不在自己的土地上殷勤耕溉
收穫也不會不請自來

文卡朗誦的是同一首詩的下半段，這表示她現在擁有的知識與克拉托一樣多。我發現我和文卡在文化涵養方面有了極大的差距。我又氣又急，便高聲抗議道：「不行！不行！現在她成了大學者，我在她身邊簡直是半個文盲……阿米，這不公平！」

沒有人理睬我。

「彼德羅，喜歡我現在的雙腿嗎？」文卡稍稍撩起了短裙，撒嬌地問我。

「哼——！」我生氣地掉頭走出屋外。

實際上，我不是為文卡外表的改變而生氣——恰恰相反，我很高興——而是因為她現在知道了這麼多事情，我的程度已經跟不上她。阿米跟在我身後，來到院子裡。

「彼德羅，你生氣是有道理的。」

「那就請你『支援』一下吧……」

阿米笑起來，繼續說道：「夫妻或情侶在文化或者精神方面的程度相差太大是不好的，因為這很不利於溝通交流，也有損互為伴侶的本意；伴侶是要互相陪伴，而不是互相吵架。哈哈哈！所以，你現在得跟我上飛船，你奶奶也應該去。我把克拉托和文卡所擁有的知識也傳授給你們。」

「這是真的嗎？」我似乎又重新看到美好的前景。

「當然是真的。跟我去叫奶奶。里里，請出來一下！」

阿米向奶奶說明了情況。她興趣不大，但還是接受了阿米的建議。

到了飛船上，阿米拿出一個密封式頭盔，稍稍調整了一下，然後戴在我頭上，按下一個按鈕。我立刻感覺到大腦內部在劇烈活動，有一種愉快的感覺。幾秒鐘後，阿米說程序完成了，並替我摘下頭盔。接著，他也為奶奶做了同樣的事情。

我並沒有感覺到什麼不同，疑惑地問道：「阿米，我沒有什麼改變，我知道的還是從前那些事情。」

「是這樣嗎？告訴我華盛頓城區羅伯特．強森的電話號碼。」

「有很多個羅伯特．強森，你得告訴我詳細地址……什麼?!我怎麼會知道這個呢？我竟然記住全世界電話簿上的號碼！」

「還有網際網路上的全部網址！」奶奶興奮地補充道。

「當然啦，奶奶！」

「請您說出『電子動物園』的網址。」阿米要驗收奶奶的學習成果。

「沒問題：http://netvet.wustl.edu/e-zoo.htm。」奶奶幾乎不假思索地脫口而出。

隨後，阿米又問我和奶奶關於世界上的重要戰役、重大發現、重要人物出生的日期，還有原子結構、重要著作內容、地球的密度和重量、宇宙生命的起源、某些有用的祕密……等等。我和奶奶全都對答如流！我充滿成就感，特別是發現以後寫書再也不需要維克多表哥的幫助，因為我現在已經是文法高手了——唔，或許說不上是高手，但至少是好手！

克拉托對自己「充電」的成果十分滿意，正在我的電腦上瀏覽網路。文卡已經出門逛逛去了。克拉托告訴我，我的知心女友打算以全新的面貌和剛剛擁有的西班牙語能力去認識我的世界。

「克拉托，你怎麼有辦法登錄我的電腦？我沒有給你密碼啊？」

「哪個密碼？是『我愛文卡』嗎？嘿，真有特色。彼德羅，我有辦法破解所有電腦系統的密碼。」這一次他唸出的「彼德羅」發音是正確的。

我臉紅了，不知是對他發現我的祕密感到生氣還是不好意思。我看到他在瀏覽紐約證交所的網頁，便好奇地問他：「你上這個網站做什麼？」

「我在買進哥倫比亞咖啡股票，因為現在價格便宜。等到下星期咖啡園被暴雨肆虐，那時候價格就會狂飆了。呵呵呵！」

「你怎麼知道哥倫比亞即將有大雨呢？」我感到疑惑。

「這得感謝我淵博的氣象知識啊。呵呵呵！」

這時，我自己也判斷出大雨的情報，明白克拉托的預言是真的。藉由阿米灌輸給我們的充分資料，我們的大腦可以輕鬆推測出氣候概況。

「受災最嚴重的地區正好是咖啡產地。」奶奶也擁有這些氣象知識。

「奶奶，買這些股票可以讓我們賺不少錢。」我接著又對克拉托說：「克拉托，你既沒有證件，又不是地球公民，更沒有錢，怎麼能買賣股票呢？」

「我的確一無所有。可是，你有啊。我利用你的資金和名字來操作。我現在負責管理你的事物，因為你是未成年兒童；就如同戈羅有監督文卡的責任一樣，對不對？」

「克拉托，你說得有道理。從銀河系當局的角度而言，你是對的。」阿米評論道。

「可是，我根本沒有錢啊。」我說。

「你有。你的銀行帳號是：國民銀行432837－1。」

「我不知道這回事。克拉托，我想你是弄錯了。」

「彼德羅，你才錯了呢。我用一套特殊的方法進入你們國家的稅務部門，然後查到了銀行帳戶名單，再根據姓氏找到了你的名字和帳戶資料。現在，我正在把一筆資金匯到紐約去。」

這時奶奶插話了：「彼德羅，克拉托說的是真的。維克多替你在銀行開了一個帳戶，把你寫書得到的版稅存了起來。哦，根據只有他才清楚的存款金額來看……。」

「可是我完全不知情啊。」

「你當然不知道。我們沒有告訴你，是擔心你有了錢會亂花，說不定會拿去玩遊戲機。現在，你應該有一筆不小的積蓄了，大概有……」

「有足夠的錢可以買房子和汽車了。當然，這說不上是奢侈的生活。」克拉托說道：「但是這些錢現在要用來投資咖啡股票，下星期就會翻一翻了。呵呵呵！」

「克拉托，這是投機行為。彼德羅的錢是為許多人服務換來的正當報酬。但是，用投機換來的錢並不正當；這種賺錢方式對社會沒有貢獻，只是竊取了集體的財富。你是知道因果法則的：種瓜得瓜，種豆得豆。」阿米似乎不大高興。

「太空娃娃，買賣股票是完全合法的啊！」

「這是地球上不合理的財富交換制度，並不合乎宇宙法則，更何況你是利用比別人擁有更多知識的優勢來操作股票。因此，你最好取消這次交易。」

「喔，就在我打算按下『接受』鍵的時候，偏偏這位太空娃娃來了……好吧，好吧。我按了『取消』鍵，交易取消。」

這時，文卡回來了。

「真是神奇美妙啊！我覺得自己好像脫胎換骨似的。」她上前擁抱我，我們倆再次進入了那種忘記身在何處的感覺……

「咳咳……」

「噢，對不起！」

「阿米，你為什麼要打攪他們倆啊？人家正幸福著呢。」

「奶奶，我還有任務在身，不能在這裡停留太久。」

我不明白克拉托怎麼能在不到一小時之中查到那麼多資料、做了那麼多事情。我問他這是怎麼辦到的。

「我也不知道……我了解了一切，包括電話號碼和這個世界的組織系統。我是訊息專家；如果我需要了解什麼，我很清楚如何取得訊息。我想我會很喜歡生活在這個世界的。」他轉頭問阿米：「阿米，作生意是『犯罪』嗎？」

「這要看你用什麼方式經營。如果你販賣傷害別人的東西就是犯罪行為，違反了愛心法則；但是，如果你把好東西帶到一個沒有這種東西的地方，切合那裡人們的需要，你又不投機斂財，那就是在做好事。根據因果法則，這不會帶來壞結果的。」

「阿米，這樣會有好結果嗎？」

「是的，會帶來利潤。但也不過如此而已。」

「那好極了。因為我得到一個消息：波爾多地區有一批價格便宜的高級葡萄酒，又聽到風聲說，澳洲有進口商打算購買這種酒。這筆生意不像炒作咖啡股票有那麼多油水；但是只要做成一筆買賣，我就可以抽百分之七點五的利潤。呵呵呵！孩子們，一起來玩一玩，可以賺好多錢呢。」

「你會成功的。」阿米笑著說：「很快你會想到：你生下來不僅是為了『賺錢』。你們四個人可以做許多促進世界進化的事情，因為現在你們已經擁有大量知識。」

我想利用這個機會向大家證明，我也會背誦愛默生的詩了。我大聲朗誦道：

人身上存在的能力

實是未掘新礦

除了自己以外
無人知其藏量
若非經過鑒驗
本人也難識其詳

奶奶對我的表現非常滿意。

「現在就只缺文卡和克拉托的身分證了。」

「我離開後立刻和宇宙友好同盟中負責地球公民登記事務的盟友聯繫，把你們的指紋和照片資料提供給他們。幾天之後，戶政機關就會給你們送來身分證了。今後，你們打算叫什麼名字啊？」

「〇〇七！」克拉托興奮地喊道。

「別開玩笑！你們說話的口音很像來自東歐的人，所以要找一個東歐的名字。」

克拉托在他豐富的記憶庫裡搜索，然後提議道：「那我就叫貝特萊・波貝斯庫，來自羅馬尼亞首都布加勒斯特。我是布加勒斯特足球隊的球迷。呵呵呵！」

大家都笑了。阿米覺得克拉托的提議很不錯。

「你要學習一些羅馬尼亞語，以防萬一。」

「那我叫娜佳．波貝斯庫，是貝特萊．波貝斯庫的女兒。阿米，你看好嗎？」

「很好，娜佳。」

「朋友們都叫我娜娜……」她撒嬌地說。我們哈哈大笑。

一切問題似乎都順利解決了。但是，奶奶突然想起了學校的事。

「阿米，這兩個孩子在學校裡會很無聊的，因為那裡教的東西他們倆早就知道了，而且還多出幾百萬倍。」

阿米表示同意道：「是的，送他們倆進學校太愚蠢了，因為他們倆不是普通的孩子。不過可以讓他們作同等學歷鑑定；這樣的話，他們就有充分的時間寫書，為地球的進化做很多重要的事情。」

「萬歲！」

（並非什麼人都能這樣輕而易舉地離開學校，更不要說是在如此不悲傷、不痛苦、也不是逃學或退學的情況下。當然，也不是隨便什麼人都有機會認識阿米這樣的好朋友，然後漫遊太空，並找到知心愛人……）

天色漸黑。是說「再見」的時候了。

看到阿米要離開，大家的眼睛都濕潤了。

「阿米，難道……你就不能……留下來……跟我們在一起嗎？」我難過地問道。阿米充滿溫情地看著我們，一一擁抱每個人，說道：「雖然這個軀體暫時離開大家，但是，如果你們看看自己的內心，會發現我就在那裡……我永遠在那裡。」

大夥兒仍然愁眉不展。阿米大聲喊道：「振作起來！要不了一年，我就會回來拿文卡寫的稿子，還要帶你們去契阿兜一圈呢！」

這番話給了我們極大的安慰。

飛船愈飛愈遠，但不是向高空飛去，而是向遠方的地平線飛去，逐漸變成了一個越來越小的亮點。

我們因為感傷而說不出話來。儘管從另一方面來說，我們四個人即將展開幸福的新生活。

夜空中布滿了星星，不見一絲雲彩。這時，從遠方地平線上升起了一道紫色光芒，隨後出現了一串色彩繽紛的愛心，彷彿煙火一樣，接著緩緩消散。

我們還沒平復惆悵的情緒，克拉托喊了一聲：「哇！」

「怎麼了？」

「我明白自己為何而生了！我知道自己應該做些什麼——確切地說，是咱們應該共同做些什麼。」

貝特萊．波貝斯庫欣喜若狂。我們目不轉睛地盯著他看。

「咱們要準備起草一個計畫：根據宇宙法則，推動建設星際和平共處基地。計畫擬好以後，就提交給聯合國大會。」他笑著補充道：「也許聯合國的代表們會把我們看成神經錯亂的瘋子。呵呵呵！但是，咱們要努力爭取，對吧？」

「是的！」大家充滿信心地齊聲喊道。這時，奶奶說：「然後，咱們再起草另一個計畫，呼籲人們更關注個人與全人類的內在發展。」

大家都笑了，因為我們知道：在這個世界上，精神文明建設之類的事情常常被斥為荒謬無稽；但是，我們所觸及的正是這個世界的基本問題。

「然後，咱們再提出另一個計畫：促進宇宙間各種文明的來往交流。」文卡熱情地提議道。一想到聯合國的官員們聽我們講述這些計畫時的表情，我們又笑了起來。

我說：「最後，再提一個不那麼『胡言亂語』的計畫：鼓勵發展農業。地球上目前有六十億人口，如果使用高科技手段開發許多未耕地，地球上甚至可以容納八百億人口，根本解決饑餓和營養不良問題……」

「的確如此！」他們三人也在各自的記憶庫中找到了相關資料。

這時，我們都聽到太空兒童阿米響亮的聲音：「孩子們，很好。記得要腳踏實地，保持愛心……」阿米最後一次使用了他的定向麥克風。

我們四人現在都同樣擁有地球和宇宙的豐富知識，以及一個美好的願景。懷著愉悅與熱情，我們向光明的前程直奔而去。

國家圖書館出版品預行編目資料

阿米3：愛的文明 / 安立奎.巴里奧斯
(Enrique Barrios) 著；趙德明譯.--二版--
臺北市：大塊文化，2016 [民 105]
面：　　公分.--(R : 09)
譯自：Ami, civilizaciones internas
ISBN 978-986-213-764-2 (平裝)

885.7559　　　　105022324

105 台北市南京東路四段25號11樓

廣 告 回 信
台灣北區郵政管理局登記證
北台字第10227號

大塊文化出版股份有限公司 收

地址：□□□ ______市／縣______鄉／鎮／市／區
______路／街____段____巷____弄____號____樓
姓名：

大塊 LOCUS 文化

編號：R 09　書名：阿米 愛的文明

大塊文化 LOCUS 讀者回函卡

謝謝您購買這本書，爲了加強對您的服務，請您詳細填寫本卡各欄，寄回大塊出版 (免附回郵) 即可不定期收到本公司最新的出版資訊。

姓名：________ 身分證字號：________ 性別：□男 □女

出生日期：____年____月____日 聯絡電話：________

住址：________

E-mail：________

學歷：1.□高中及高中以下 2.□專科與大學 3.□研究所以上

職業：1.□學生 2.□資訊業 3.□工 4.□商 5.□服務業 6.□軍警公教 7.□自由業及專業 8.□其他

您所購買的書名：________

從何處得知本書：1.□書店 2.□網路 3.□大塊電子報 4.□報紙廣告 5.□雜誌 6.□新聞報導 7.□他人推薦 8.□廣播節目 9.□其他

您以何種方式購書：1.逛書店購書 □連鎖書店 □一般書店 2.□網路購書 3.□郵局劃撥 4.□其他

您購買過我們那些書系：

1.□ touch系列 2.□ mark系列 3.□ smile系列 4.□ catch系列 5.□幾米系列 6.□ from系列 7.□ to系列 8.□ home系列 9.□ KODIKO系列 10.□ ACG系列 11.□ TONE系列 12.□ R系列 13.□ together系列 14.□其他

您對本書的評價：(請填代號 1.非常滿意 2.滿意 3.普通 4.不滿意 5.非常不滿意)

書名____ 內容____ 封面設計____ 版面編排____ 紙張質感____

讀完本書後您覺得：

1.□非常喜歡 2.□喜歡 3.□普通 4.□不喜歡 5.□非常不喜歡

對我們的建議：________